おんびんたれの禍夢

岩井志麻子

角川ホラー文庫
24250

目次

第一章　魔界之入口

おいそれとは、キバコの話をしてはいけないはずなのに。うかうかと、あの女の噂をしてはならぬと怯《おび》えているのに。

いつから小説家を志したか。なぜ怖い物語ばかりを書くか。

光金晴之介《みつかねはるのすけ》は、小説家と名乗ってもまったくの嘘にはならなくなった頃から、それらを問われるようになった。

自分としては本当のことを素直に語っているつもりでも、相手はちょっと煙《けむ》に巻かれたような、となってしまう。キバコのために。

　そして、それ自体が怖い物語だ、ともいわれてしまうのが常だった。キバコのせいで。

「物心ついた頃から、みっちゃんというお手伝いの姉《ねえ》やが居《お》りまして。いつも一緒に寝とって、そのみっちゃんが怖い話ばかりしてくれたんですらぁ。きれいな顔をした優しい姉やじゃのに、怖い話しか、せんかった。

中でもキバコの話が、怖い。格別に、きょうてかったなぁ。

たぶん、牙子《きばこ》と書くんじゃろ。じゃけど、肝心のキバコの話を覚えとらんのです。

ただもう、怖かった、きょうてかった、としか。

まさにこの逸話自体が、怪談でしょう。いやいや、みっちゃんは愛嬌《あいきょう》ある賢い姉やで、物の怪《け》などではありません。ましてや、キバコであるはずもない。

キバコの話をちゃんと書き起こそうと、小説家になったんかもしれん。書けたら、またみっちゃんに会える気もするんですらぁ。

みっちゃん、あの頃はまだ二十歳にもなっとらんかったんじゃないかな。いつの間にか、居らんようになっとった。気がついたら、消えとった。ここんとこだけは、物の怪のようじゃともいえますな。

たぶん、嫁に行ったんじゃろうとは思いますが。もしかしたら、なんぞ事情があって暇を出されたんかもしれん。その辺り、ようわからんのです。

我が家はとにかく人の出入りが多く、古株、古参の人らも居りましたが、臨時の下働きや季節ごとの日雇い等々も含めると、しょっちゅう人が入れ替わっとったし。

特に親は、みっちゃんについては言葉を濁すというより、口を噤《つぐ》む、はぐらかすというふうなので。なんぞ、子どもに聞かせとうない事情があったんかもしれん。何にしても、わしの前から去ったみっちゃんが、恋しゅうてならん。

もっぺん、キバコの話をしてくれんか。みっちゃんしか知らん、キバコの話。今度こそきちんと書き留めて、わしのものにもしてしまえるのに。

キバコ以外の話は思い出せるんで、みっちゃんの教えてくれたいろいろな怖い話を帳面に書き起こしていくうちに、これは仕事にもできる、と思い始めたんですな。じゃから、怖い話を書き始めたんと、小説家になりたいと思い始めたんは、ほぼ同時期でしょう。寝床の夢に、キバコがやって来たのも。

もしかしたら読み書きできんかった頃から、みっちゃんの話に聞き惚《ほ》れて、自分も物語の語り手になりたいと願うておったんかもしれん。

となると、みっちゃんこそ読み書きはできなんだが、素晴らしい小説家でもあった。師事した先生は居るか、とも聞かれますが。みっちゃんというしかないですな」

確かに晴之介は、岡山の尋常小学校に入った頃から勉学とは別に、夢とも現《うつつ》ともつかないいろいろな話を帳面に書き連ね、幼いながらも物語など綴《つづ》っていた。

長じてそれを読み返したら、とても子どもに思いつくような物語ではなく、身近な本や人から見聞きした話でもない。だから、みっちゃんに聞いた話というしかないのだ。

そのみっちゃん自身が怖い話になってしまうことは、晴之介としては避けたいような、さらに蠱惑《こわく》の色をまとって立ち上がってくるような、もどかしい気持ちになる。

「そんな人、この世に居らんよ。あんたの夢に出て来た女じゃろ」

「晴之介の世話をしとったんは、みんな手練《てだれ》の年増ばっかしじゃったぞ。そねぇな若い娘が、少なくともうちに住み込んどったことはないで」

「使用人はたくさん居ったが、みっちゃんというのは家族の誰も知らん」

「農繁期や冠婚葬祭で、いっときうちに出入りしとった若い女らの一人かもな。いちいち名前を覚えとらんが、みっちゃんというのも居ったんかのぅ」

明治時代に入る頃には、すでに地方の豪農から岡山県下でも屈指の実業家となっていた光金家は、武家屋敷と見紛《みまが》う高台のお屋敷だった。

広大な敷地内にはいくつもの庭だけでなく井戸も厩《うまや》も納屋もあり、母屋も壮大だが増築を繰り返し、離れ座敷もたくさんあった。中庭には、太鼓橋の架かった池もあった。そこらの民家よりも大きな土蔵も幾つも連なっていた。

そんな光金家の家族、親戚《しんせき》、古参の使用人、出入りしていた人達、晴之介の幼少期を知る者はみんな揃って、みっちゃんなど知らない、いないというのだ。

晴之介は数えで二十五歳になる今も、みっちゃんの姿を鮮明に思い出せるし、声も仕草も話してくれた怖い話も、忘れられずにいる。ただし、キバコを除いて。

「ほっそりしとるのにしっかりした体つきで、可愛らしいというよりは、美少年剣士のような凛々《りり》しい顔立ちじゃった。声もやや低めで、囁《ささや》き声が心地よかった」

幼い晴之介の夢、あるいは別の誰かをみっちゃんという人だと思い込んでいる、というふうに片づけられ、身近にはみっちゃんを謎や怪談にする人はいなかった。

だから晴之介も、むきになってみっちゃんはいると捜したり調べたりもせず、ただ不思議な存在として心の中に棲《す》まわせ続けた。

「悪い男は色っぽい」

人魂《ひとだま》そのものみたいなアセチレン瓦斯《ガス》の燃える洋灯《ランプ》の下、布団の上で歌舞伎役者を描いた紙の組み立て遊びをしながら、四谷怪談や弁天小僧《べんてんこぞう》の話をしてくれたのも、みっちゃんだったはずだ。確かにみっちゃんは、そう囁いた。

「良い人は、若死にをする」

安城渡《あんじょうと》の戦いで、岡山出身のラッパ手となった木口小平《きぐちこへい》が、死んでもラッパを離さなかった話。あれに涙したのは、学校の授業ではなく夜のみっちゃんの語りだった。

「みっちゃんにも名字があったはずですが、それは覚えとらん。みっちゃんが生まれた頃はもう、平民も必ず姓をつけるようにとの布告がされとったが、みっちゃんとしか呼ばんかったからなぁ」

かぐや姫《ひめ》や桃太郎《ももたろう》に名字は要らないように、みっちゃんにも名字は要らない。

「おそらく嫁ぐためじゃと思いますが、光金家を出て行ってからは、音信不通になってしもうたし。どこでどうしておるか、皆目わからんのです」

家を出て他所《よそ》の土地で会った人には、心置きなくみっちゃんの話をした。その人達には何の躊躇《ためら》いもなく、みっちゃんは実在するとしてある。

それもあって晴之介は、故郷を出て行きたがったのかもしれない。みっちゃんをいないとする人達と、離れたかったのだ。

「みっちゃんがわしを小説家にしてくれた恩人といえば、ちょっといい話になるかもしれんが、それにはもっと小説家として大成せんと、いけませんな」

すべてまめに毎日きちんと、日記のようにみっちゃんの話を正確に書き記していたのではないが、相当な冊数の帳面を字で埋め、それらは母が学業に使った帳面と一緒にして取っておいてくれた。

庭の土蔵には家財や大事な物を入れるため、他人は立ち入らせない。他家から来た嫁も、結婚して何年か経たないと入れてもらえないのが当たり前だった。

最も大きな土蔵の二階には、冠婚葬祭に使う道具や什器《じゅうき》、長持ちを置き、階下には籾《もみ》や米が仕舞われた。太い大黒柱の上の神棚には、倉夷《くらえびす》様が祀《まつ》ってあった。

高い所に人の出入りはできぬ小窓があり、そこに化け物の影が映るとみっちゃんに脅されなかったか。キバコの影も、そこから覗《のぞ》いていたか。

そんな土蔵には光金家の子どもらの、それぞれの名を書いた木箱もあった。着られなくなったが大事に取っておくべき衣類を仕舞った長持ちとは別に、学業や生育の記録ともいうべき思い出の品々が丁寧に収められていた。

兄の保太郎《やすたろう》や姉の和夏子《わかこ》の成績とは比べ物にならないが、晴之介の成績表や賞状の類《たぐい》が詰め込まれた木箱は、平等に大事にされているのはわかる。

　晴之介の生えてきた歯のために、親は普通の粉歯磨きの十倍くらいする高価な資生堂の練り歯磨きを買ってくれたそうで、その丸い空き箱まで取ってある。これを使って磨いてくれたのも、みっちゃんではなかったか。

「坊ちゃんの歯はきれいじゃな。知っとるかな、鮫《さめ》は歯が尖《とが》っとるだけじゃなしに、内側に向けて生えとるからな、食らいついたら離れんのよ」

「歯を叩《たた》き折ったり抜き取ったりしたら、鮫は可愛い魚になるんか」

「いんにゃ。鮫の歯は、何度でも生え変わるんよ」

　キバコの牙《きば》は、と聞いたかどうか。そこだけ思い出せない。

　だが、そんな可愛がられた証拠の品々に囲まれても、晴之介は木箱の外観だけ見て忸怩《じくじ》たる思いに囚《とら》われ続けるのだ。

　兄姉と比べられたくない、成績表。一人だけ乏しい、賞状。恥も詰まったあの木箱がみんな、燃えたらいいのに。燃やそうか。それも怖い。大事な物まで一緒に燃えてしまう。みっちゃんの思い出も、みっちゃんまでも。

「あの土蔵が燃えたら、無人じゃったはずなのに、たくさんの人骨が出てきて、警察も驚くというより困るじゃろうな。これも、怪談じゃ」

　そういえばあの最も大きな土蔵には、他にも訳のわからない物を仕舞った箱がぎっしり並べられていたような気もするが、これまた夢や錯覚なのかもしれない。

そんな晴之介の兄は岡山屈指の名門、六高から東京の帝大に進んだ後、いったん都内の有名商社に勤めてから、家業たる光金商事の跡を継いだ。

名家の出の美しい婦人を娶《めと》り、何もかもそっくりな出来の良い息子にも恵まれ、若くして堂々たる岡山の名士に数え上げられている。

姉もやはり岡山で一番の女学校を出た後、地元の高等小学校の教師となった。幼い頃から利発であったが、生きた日本人形といわれる美少女でもあった。

教え子の祖父が、岡山で一番ハイカラと憧《あこが》れられている西洋料理の店や、東京でもまだ珍しかった洋酒のコップ売りをする店などを手広く経営していた。そこの息子の一人と見合いし、熱烈に気に入られ嫁いだ。

教師は辞めているが、娘を産んだ後もまったく容色衰えず、美人揃いと名高い西洋料理店の若い仲居の中にいても遜色《そんしょく》ないと、驚嘆されている。

一昨年《おととし》、岡山生まれの絵師である竹久夢二《たけひさゆめじ》の画集が人気となったときも、描かれた儚《はかな》げな美女は和夏子さんかと、本気で問い合わせる人が絶えなかった。

晴之介は落第生になったことはなく、劣等生というほどでもなかったが、成績は常に中の下といった辺りだった。問題児でもなく、教師達に可愛がられはした。

本気でやれば上の下くらいにはなれると、どの教師にもいわれたが、帳面に夢物語を書きつけることにしか本気は出せないのだった。

兄の行った岡山中学や六高は到底望めず、父方の縁戚《えんせき》を頼って神戸《こうべ》に下宿し、同じように勉学はぱっとしないが呑気《のんき》な坊ちゃん達が集う高校に進んだ。

その後、東京の同じような雰囲気の私大に入ったが、やはり勉学にはあまり励まなかった代わりに、本格的に小説を書き出した。幾つかが、文芸誌に掲載された。

ここで晴之介は、夢ではなく現実に小説家になるなどといい出し、親や親戚を狼狽《ろうばい》させた。兄も姉も、怒るというより呆《あき》れていた。

「そんなもん、男子一生の仕事じゃあないで」

「お前ひとりなら何とかなっても、いずれ娶る女房とその子を食わせられるんか」

二十世紀を迎えても、家族はそのような説教を繰り返した。それは正味の話、事実で当然のことであったが、鉄道唱歌を口には出さず歌い続けてやり過ごした。

「はや我《わが》汽車は離れたり」

晴之介は当てもなく汽車に乗り、窓から家族を見送る気分だった。夢想する窓からは、千切った原稿用紙を花吹雪のように飛ばしている。どんなに千切っても、そこにはみっちゃんと書いた文字が残る。

放蕩《ほうとう》者の素質たっぷりの晴之介を東京では就職させず、早々に長兄を補佐させる役割で光金商事に入れ、副社長にする。もしくは岡山県内に支社を出し、そちらの社長に据える。これが親の考えだった。

姉の夫である、義兄の高級西洋料理店の支配人を任せる案もある。そんないい話が幾らでもあるのに、馬鹿な夢を見るなと怒られた。

晴之介としては、まさに子どもの頃から志していた小説家になるのは、決して浮ついた夢想ではなく、堅実な進路のつもりだった。

出来のいい兄や姉に劣等感も引け目も持ち、同じ土俵での勝負はできぬ、そもそも同じ土俵に上がることすらできぬのもわかっていた。

兄と姉は、小説は読むことは読むが、ただの娯楽、もしくは人気作は社交の際の会話に必要だからと押さえておくだけで、自分でも書きたいなどということはない。もちろん勉強の方の国語、綴《つづ》り方《かた》は晴之介よりもよくできていた。

兄と姉に勝てるのは、小説しかない。寝て見る夢と違い、現に自分は何度か文芸誌に掲載もされた、稿料ももらったとの自信も自負もある。

小説家になれば、みっちゃんと再会できる気もする。きっとみっちゃんは、新しいキバコの話をしてくれるから、それも書くのだ。

小さな子どもを見るような、つまりは憐《あわ》れみに近い目を向けてくる兄姉を見返してやりたくもあった。お前だけが心配だと、はっきり口にする親や親戚《しんせき》にも認められたい。

そんな思いを抱いて愚図愚図するうちに、事態は悪い方に転がって、そのまま滑り落ちていった。そもそも這《は》い上がろう、巻き返そうとはしていなかった。

堕落は、気持ちのいいものだった。愚かな自分が、可愛らしかった。たぶん今の自分を、みっちゃんだけは可愛いといって頭を撫《な》でてくれるはずだ。

勉学に身が入らぬままに、ほとんど学校には行かなくなった。親からの金はほぼすべて遊技場、遊郭、料理屋などにつぎ込み、肝心の小説は停滞している。

「みっちゃんよ、わしがだんだんキバコになってないか」

ついに大学を退学処分になっていたことと、学費を使い込んで放蕩三昧《ほうとうざんまい》だったのが親に知れ、借金取りが親元にまで押しかけた。

「ここまで阿呆《あほう》とは、思わんかった」

「このままではお前が、光金家を食い潰《つぶ》す」

晴之介は鮫のように、あるいはキバコのように、鋭い内側に向かって生える牙もなければ、歯が何度も生え変わることもない。

死んだ小魚の目をしているうちに、晴之介はあっさり縁切りをされてしまった。親から勘当となれば当然、兄と姉からも連絡は絶たれた。罵倒《ばとう》されてではなく、すうっと幽霊のように皆が去っていった。だからといって、みっちゃんも戻ってはこない。

神戸にいた頃、人生不可解と遺言をして華厳《けごん》の滝に身を投げた一高生の報道に、衝撃を受けた。あれを、今さら模倣する勇気もなかった。というより、晴之介の不可解は人生ではなく自分自身で、人生そのものは楽しいものなのだった。

「放っといても、人は必ず死ぬもんじゃし」

何より晴之介は、ちゃっかり女に食わせてもらっていた。

兄は父親に似て厳《いか》つい顔立ちと体軀《たいく》だが、晴之介は姉を男にしたような、とよくいわれていたように、背丈は並みだが華奢《きゃしゃ》な体つきに細面、役者顔ともよくいわれた。

兄は玄人筋の女と遊んだりもしたが、結婚しない女に本気にはならない。きっちり、その辺は分けていた。だから、遊び相手でしかない女の機嫌を取るなどあり得ない。

晴之介は女を騙《だま》すのでも見下すのでもなく、結婚相手と遊び相手をきちんと分けもせず、すぐ惚《ほ》れて甘えに行くので、それこそ晴之介を女々しいと見下す女はいても、世話をしてくれる女も必ず現れた。みっちゃんに敵《かな》う女は、いないけれど。

「坊ちゃんは、甘えん坊の暴れん坊。女に一番、可愛がられる男じゃ」

だから一高生のように、女に失恋して思い詰めるということもない。なんといっても自分の中、もしくは隣には、いつでもみっちゃんがいる。

資生堂の赤い水こと化粧水オイデルミンを愛用し、川上音二郎《かわかみおとじろう》の一座の演劇を追いかけ、最新のレコードを聴かせるカフェーに入り浸った。

それでかつては金回りが良かったのだから、女は途切れなかった。浅草《あさくさ》に行きつけの料理屋があり、銀座《ぎんざ》でも寿司を食べた。金がなくなってからは多くの女と切れたが、美味《うま》い屋台の深川《ふかがわ》飯を教えてくれた楠子《くすこ》だけは違った。

「うちは、みっちゃんではないよ。そこんとこだけ、わかってんな」

「わかっとる。まったくの、別物じゃ」

楠子とはまだそこまで暮らしも親との関係も逼迫《ひっぱく》していなかった頃、というより露呈していなかった頃、神田《かんだ》の料亭の貸し切りとなった座敷で出会った。

明治も四十四年となった、晩秋の頃だった。忙《せわ》しなくも、いろいろと停滞していた枯れ葉の舞う季節。明治時代は百年続くと、信じるのではなく感じていた。

浅草の金龍館《きんりゅうかん》で封切られた、仏蘭西《フランス》の活動写真『ジゴマ』。空前の人気となり、巧みな変装で神出鬼没の怪盗ジゴマは、悪党でありながら英雄扱いされた。子どもが真似をすると、ごっこ遊びにも目くじらを立てる大人も多かった。

その日、晴之介が会った人達は、ある種のジゴマ達だった。決して、ジゴマごっこをする子どもらを叱る大人達ではなかった。

楠子は、場を仕切る著名な国士、遠山満鶴《とおやまみつる》の取り巻きの誰かが連れて来た女で、見た瞬間に、思わず立ち上がって駆け寄っていた。

「みっちゃん。みっちゃんじゃなかろうか」

だが、みっちゃんならもう四十路《よそじ》に近くなっているはずだ。その女はどう見ても、自分と同じか少し若いようだった。

着物も簪《かんざし》も高価だが、それ以上に着こなしが玄人だった。髪の結い方、化粧、仕草、表情、どれ一つとっても絶対に只者《ただもの》ではない剣呑《けんのん》な雰囲気があり、歳に似合わぬ太々《ふてぶて》しいほどの落ち着きがあった。

それでいて、何と表現すればいいのかしばし迷い、もしや無垢《むく》ではないか、と思いついたとき、いつかこの女を書きたいと胸が疼《うず》いた。

「いや、すみません、知った女かと思うて」

「その言葉。岡山の人じゃろか」

驚きもせず警戒もせず、楠子は真顔で首を傾げた。その声も仕草も、みっちゃんそのものだった。しかし、みっちゃんではなかった。当たり前だが。

すぐに打ち解けてくれた楠子は、各地を転々としてきたが、出は岡山だという。今現在の東京の居住地を聞けば近かったが、さる金満家の御隠居の世話になって住まわせてもらっていると、さらりと告げた。こんな近くにいても、出生と境遇はかけ離れていた。そこもまた、みっちゃんを思わせた。

「児島虎次郎《こじまとらじろう》画伯が岡山孤児院を描いた『なさけの庭』は、宮内省のお買い上げになったんよ。あの絵に描かれた子らも、大きゅうなっとるじゃろ」

逆に、岡山にいたら会うことはなかったかもしれないと突き付けられ、東京で出会った巡り合わせの妙味に酔った。

楠子は誰もが振り返るほどに美しいが、日本画の手法である竹久夢二の描く女ではない。まさに児島虎次郎のような、色を塗り重ねた洋画の女めいた立体感がある。

「うち、岡山の孤児院に居《お》ったんよ。そう、篤志家で名高い石次《いしじ》先生の」

「石次先生は、まっこと岡山の誉れじゃ。わしも、あのようになりたいもんじゃ」

楠子と隅に移り、故郷の言葉で話した。二人とも、実はその会の主役にはあまり興味がなかった。ともに、浮世の義理で出て来ただけだった。

「主役さんも、どこか居心地悪そうじゃな」

「そもそも金集めというのが、主役さん本人は得意そうじゃないしなぁ」

場の主役も、そのときまで晴之介とも楠子とも面識がなく、もっと上座の金持ち達との歓談、新聞社や出版社などのお偉い方々との商談に忙しくしていた。

「酒は、なかなか強そうじゃな」

その料亭で開かれたのは、主役である男の壮行会だった。高名な政治結社を率いる遠山満鶴の書生、春日野力人《かすがのりきひと》なる主役は、世界探検家を名乗っていた。

「世界探検家。わしの小説家と同じで、名乗ったもん勝ちかな」

「うちらも、世界探検家を名乗りましょうかな」

楠子と冗談めかして笑い合ったが、あの豪傑と称《たた》えられる遠山が年若い彼のために、かなりの規模の壮行会など開いてやったのだ。数多くの門下生の中でも、力人が特別に目をかけられているのは確かだった。

「若い人達に、これからの日本に大いなる希望を持たせたい。そのためには、年寄りの知恵も指導も要るが、若い人こそ冒険して将来の手本となってもらわなくては。若ければ多少の無茶も、冒険となります」

　春日野力人が皆を前に朗々と歌うように語ったところによると、去年の今頃に遠山先生の命で大阪の港から上海《シャンハイ》に着き、そこから露西亜《ロシア》に渡り、満洲《まんしゅう》から北京《ペキン》、また上海と下って九州から戻った。

「世界に日本を知らしめたい、日本から世界を知りたい、大望だけは抱えきれぬほどであっても、現実には異郷に放り込まれれば、ただもう右往左往するばかり。

　本人だけでなく遠山先生も周りも同行者も、到底納得できる旅にはならなかったのです。悔しさばかりが、土産となりました」

　しかし遠山先生にとっては、力人は将来有望な愛弟子《まなでし》には変わりないようで、語っている彼にずっと柔和な眼差《まなざ》しを向け、力を貸してやってくださいと盛んに各方面に頭を下げて回っていた。

　春日野力人の黒々とした蓬髪《ほうはつ》に濃い髭《ひげ》、それらがすべて白くなったらこうなるか、という体の遠山満鶴は、並べば親子のようでもあり、微笑ましささえ漂わせていた。

「それでも前回の帰国後は新聞社の取材を受け、講演に回り、写真を元に絵葉書を作りと忙しくしていました。話がおもしろい、自分も世界に出てみたいといって下さる方も多く、今度こそ南洋にも渡って印度《インド》にも分け入る決意をしました。

私の命は、私だけのものではありません。遠山先生や、この国の未来に捧《ささ》げましょう」

絵葉書か。晴之介はつぶやく。上京してしばらく経った頃からだったか、写真を絵葉書にするのが流行《はや》っていた。人気の芸者を手彩色で鮮やかに浮き立たせたそれは、晴之介も何枚か買った覚えがある。

しかし下宿していた部屋に出入りしていた先輩後輩に盗《と》られたり、小遣い欲しさに売ったりし、手元には一枚も残っていない。

ふと、その中に楠子の絵葉書がなかったかと思いつく。楠子を見た瞬間に知った女だと思ったのは、みっちゃんの面影があっただけでなく、絵葉書の美人芸者に似た女、もしくは本人がいたのかもしれないと思いついた。

「ああ、なんぼか写されたことはあるな。竹と紙で大きな鶴を拵《こしら》えて、その上に天女の扮装《ふんそう》で乗ったのもあった」

楠子はあっさり、そう答えた。その凝った絵葉書にも、覚えがあった。

「ありゃ、それはわしも持っとったで。垂らした洗い髪が色っぽかった。ほんまに鶴が飛んで行ってしもうて、今は手元にないけどな」

「鶴から降りて来たんよ、さっき」

二人が忍び笑いをしているときも、力人は声を張り上げ続けていた。

「次回はもっと冒険し、子どもも楽しめ学べる講演を開きたいし、講演に来られない人のために本も著したい、そう願っております」

そもそもはここで旅費としての寄付金、もしくは写真機といった旅に必要な機材も募るとのことで、なんとなく小金を持っていそうな晴之介も呼ばれたのだった。

そのときはまだ貯金というほどでもないが、出ていった女が残していった着物や小間物を売った金があり、それなりの寄付金を出すこともできた。

また、力人も岡山の出という縁もあった。力人も進学のために岡山を出ていたが、生家は瀬戸内《せとない》海側にあるそうだ。半分が農村、半分が漁村の温暖な土地で、春日野家は田畑も漁船も持っていたという。

同郷というほどでもないが、同県ではある。光金家には敵《かな》わぬとしても、経歴から見てそこそこ富裕な生家だったのは間違いないだろう。

何度か小説を掲載してもらった文芸誌の編集長が、春日野力人の師匠たる当代きっての国士、遠山満鶴と幼なじみだと以前から自慢はしていた。

豪傑として名高い遠山は、晴之介の主義心情とはなんとなく離れていても、尊敬には値する存在だった。子どもでも、憧《あこが》れる大人の一人には必ず数え上げる。

　そもそも晴之介は文学と遊びと女だけに熱心で、あまり国を憂うだの亜細亜《アジア》への進出だのには興味がなかった。ここでそれを正直にはいえなかったが。

　正直、文芸誌の編集長達の機嫌を取りたくて、晴之介は壮行会に来たのだった。

「初めての異国は上海で、自分の小ささを嫌というほど思い知り」

　力人の声はよく響くが、晴之介もあまり本気で聞いてはいなかった。

「自分は世界が故郷で、国境なき自由人といいつつも、没落した春日野の家を再興したいといった古風な面も持ち、このような変わり者となり果てましたが」

　といった辺りは、耳に残った。自分とは違うが、力人も家名に囚《とら》われてはいるのだと。

　六尺にまでは届かないが、五尺八寸はある上背に、そんなに肥《ふと》ってはいないのに、厚みのある体軀《たいく》。容姿は、どこの地でも目立ちつつ溶け込めると感心した。

　肩まで届く豊富な蓬髪に、顔の半分を覆う髭で隠れているが、日本人離れした凹凸のある造形だ。西洋人のようだというより、どこの国の人かわからない、どこの国の人といわれても納得できる顔立ちだった。

　眼光は鋭く、容貌魁偉《ようぼうかいい》という形容がぴたりと当てはまった。晴之介より三歳ほど上なだけなのに、圧倒的な貫禄《かんろく》を漂わせていた。

老けているのではない。実は年下だといわれてもそうかと思うし、不惑を過ぎているといわれればまた納得できる。あらゆるものが不詳の力人は、胡散臭《うさんくさ》いといえばそうなのだが、悪党には見えなかった。

それは、楠子もいった。あの人の目は正直な色をしている、と。楠子のいうことはすべて真実のように、晴之介の耳に響いた。

そんな力人は、皆の寄付によるという特別仕立ての黄土色の探検服を着込んでいた。これも寄付の頑丈な紐《ひも》付き長靴と服と同色の帽子も披露してくれたが、よく似合うと感嘆した。あれを着こなせるだけで、もはや世界探検家を名乗っていいともうなずけた。

「そろそろ力人さんにも、お酌の一つもしておかんとなぁ」

さて楠子も、同郷で気が合うからと若輩者に過ぎない晴之介に侍《はべ》ってばかりはいられず、世話をしてくれている金満家の老人の使いの者に促され、連れていかれた。肩にとまっていたきれいな蝶《ちょう》に飛び去られ、晴之介は小さなため息を漏らした。

いったん演説を終えた力人は順繰りに、皆の隣に回ってきた。何やら大きな壁が迫ってきたようにも感じたが、不思議と温かみがあった。

「わしも、岡山の出ですらぁ。光金晴之介と申します」

居住まいをただすと、力人はぐいっと膝《ひざ》を詰めてきた。

「光金商事の、所縁《ゆかり》の御方でしょうか」

親の名前、家名に出自はありがたくもあり、足枷《あしかせ》でもある。

「それです。しゃあけど、親にはほぼ見放されとりまして」

力人は子どもっぽい笑い方をし、そこから彼も故郷の言葉にしてくれた。自分も同類だと。ふと楠子の足枷は我らとは違うのだなと思った。

楠子は自分から鎖を切り離し、世界というほどでもないが、晴之助よりは広い空を飛び回っているようにも見受けられたが。

「じゃけど、将来有望な小説家とも聞きましたで」

「いやいや、何度か文芸誌に載った程度で、小説家を名乗っていいかどうかぎりぎりなところですらぁ。失礼ながら貴方《あなた》の名乗られているそれと同じで、医者だの弁護士だのと違い、資格も免許も要らんので、名乗っても罰せられることはないけぇ」

おべんちゃらばかりいうのも抵抗があり、といって彼に悪い感情などもなく、むしろお仲間だと親しみを込めたつもりで杯を交わした。

「いや、光金さんは紛れもない、小説家じゃ。近いうちに、必ず読ませてもらいますで。それで、どのような小説を書かれておるんかな」

「きょうてえ、怖い話ばかりなんじゃが」

「ほほう、私も好きですよ、怪談は」

そのときふと、力人の姿が二重にぶれているように見えた。酔いが回ったか、と頭を振ってみたが、酔いのせいではないような。今までどんなに酔っても、舌や足がもつれるだけで、人や物が二重に見えるなど経験がなかった。

「キバコが、みっちゃんが、きょうてえ」

「はて。キバコに、みっちゃん。何とはなしに、聞いたことがあるような」

「そんなはず、なかろう。ありゃ、酔うてしもうたか、わしゃ」

しかも重なるもう一人も間違いなく力人なのに、薄い輪郭のすぐ消えた方は中国の服を着ていた。何か口元に当てていたような。

一瞬で消えたが、それらは瞼《まぶた》に焼き付いた。ただ二重に見えただけなら、まったく同じものが重なるだろうに、姿が違っていた。

大勢を前に力人の語った上海の逸話はもう忘れたが、何かが印象に残ったためにそのような錯覚が起きたのだろうか。確か、横笛を吹いていたようにも思える。

「怖い話は、私もいろいろできますで」

力人はじっと、晴之介の目を覗《のぞ》き込んできた。強い磁力があるような、ぽっかりと虚空のような、なんともいえない眼差《まなざ》しの中に、何かが見えた。

「そもそも私が名乗る世界探検家、これは仮のものでしてな。偽の、ではないつもりじゃが、本当の職業名はいずれ、わかってくるでしょう」

あの目は確かに、射すくめられるものだった。知りたい、そう思った。春日野力人の本当の職業を。冗談、はったりかもしれないが。

そんなに飲んだつもりはないが、ふらつきながら廊下の果ての暗い手洗いに行って帰ってきたら、障子の陰にひっそりと楠子がいた。美しい蝶ではなく蛾のように。

楠子は賑《にぎ》わう座敷の方を指し、きょうてえ、怖い、と呟《つぶや》いた。

「あの春日野力人という人は、二重に見えた」

まさかと向き直り、どのようないで立ちでと訊《たず》ねれば、晴之介が見たものとぴたり一致した。思わず、楠子の手を取ってしまった。

「幽霊ではなかろう。春日野力人は生きとる」

楠子も、うなずきつつ握り返してきた。意外にも骨が立派だと、感じた。

「貴方とは、いろんな謎解きができそうじゃ」

壮行会の翌日、力人は有志の用意してくれた景気づけの号砲とともに異国へ旅立った。

その見送りには行かなかったが、楠子は教えておいた下宿先に訪ねてきた。

「来てしもうたよ」

意を決して来たというより、ふらっと立ち寄ったという体で。そこで初めて、甲斐《かいの》荘《しょう》なる姓も知った。ただし甲斐荘も楠子も、本名であって本名ではないともいう。

「うちは、どこぞの旧家の頭が変になった娘が、どこの誰とも知れん男に騙《だま》されて孕《はら》まされて、できた子らしいで。生まれてすぐ、近隣の農家へ里子に出したと。跡取りとして育てとったけど、あるときこれはまずいと思うところあって、孤児院に連れていったそうな。そのまずいという箇所は、もうすぐ教える」

恐ろしさより、甘美な期待があった。蝶が蛾だとわかっても、気持ちは変わらない。蝶より蛾の方が美しいことも、ままある。

「正しい生年月日も、本当の親も名前も有耶無耶《うやむや》にしてもうて、わからんでもな、こういう話はなんとはなしに周りから聞かされて、耳に入るもんじゃ。

楠子というのは孤児院に入ってからの改名で、院長がつけてくれた。

楠の木の葉や煙は防虫剤、鎮痛剤にも使われるし、中国じゃあ隠者が想いを託す木ともいわれとったと。天を優しゅう蝕《むしば》むような枝の広がり、惚《ほ》れ惚《ぼ》れするよ」

甲斐荘は、当時の村長の姓をもらったそうだ。甲斐荘楠子。ええ名前じゃと、心底からいった。みっちゃんがみっちゃんであるくらいに、楠子はその名前だった。

だが、その日の晴之介は楠子に手を触れることを躊躇《ためら》った。わざわざ男の部屋を訪ねて来てくれたのだから、その気があったとわかっていても、何かが晴之介を引き留めた。

「あんた、怖いものが好きじゃろ」

「ああ。怖いものは、蠱惑《こわく》でもある」

楠子は自分から、脱皮するように着物を脱いだ。もっと、知ってほしいことがあると。

緋色《ひいろ》の腰巻の下には、見方によっては恐ろしいとも不可思議とも複雑怪奇ともいえるものがあった。驚きはしたが、納得もできた。そのときのあらゆる感情を合わせると、確かに蠱惑的でいじらしく愛《いと》しいものになった。

「うちは、戸籍では男になっとるんよ。戸籍上の名前は、実は楠夫《くすお》なんよ」

楠子は少女らしいほんのりと盛り上がった小さな、しかし確かに乳房といっていいものがあり、華奢《きゃしゃ》な体つきはまだ女になりきってない青さすらあった。

「楠夫も、ええ名前じゃな」

腰巻を取り去ると、アケビの実のような女性器の合間に、小さいながらも生々しく存在感のある男性の物が覗いていた。

「古来、半陰陽、半月《はにわり》と呼ばれるものじゃ」

江戸時代以前の文献にも、その男であり女でもある、男でなく女でもなく、という不可思議な体で生まれてきた者の話はある。何かで、読んだ覚えはあった。

生まれつき外性器ではどちらの性ともつかず、成長後に本人にどちらで生きるかを選ばせる、そんな話もある。

男として生まれたのに、途中から女になったとか。女としてずっと生きてきたのに、突然に男として新たな人生を始めた、という話もあった。

「なんというか、ほんまに、居《お》ったんじゃのう」

「居ったんよ、ここに」

晴之介としては、惚れかけた女が男でもあったというのを突き付けられているが、小説家としては随分といろいろな意欲をかき立てられる存在に巡り会えたともいえる。

衝撃を受けたはずの胸のざわめきが、実は喜びだと気づく。

「孤児院に居った頃は、ずっと男の子の楠夫じゃった。わりと勉強はできたんで、併設の小学校の高等科に進んだけど、なんか女みてぇじゃなといわれるようになってな、女の月のものも来たし、男の物も成長したんよ」

楠子は美しい。それは確かだ。どこにいても、楠子はほの白く浮き上がって見える。しかしその容姿に惚れても、複雑な生まれを知ると男は自分には抱えきれない、背負い切れないと離れていくとか。

今、楠子を世話している金持ちの老人もだそうだ。あの会合で会ったはずだが、あまり顔は思い出せない。小柄で上品な雰囲気だったと、それだけが残滓《ざんし》としてある。

晴之介に惚れたと告げたら、黙って見送ってくれたそうだ。多分、安堵《あんど》したのだ。

その老人を、責める気にもなれない。むしろ、すんなり別れてくれたことに晴之介としては感謝の念すら抱いてしまうではないか。

「院長は、それをわかっとった。農家の養父母が、うちを手放したんも、それじゃ」

「わしは、こういう楠子が好きじゃがなぁ」

機嫌を取ろう、阿《おもね》ろうというのではなく、本心からだ。

「なんじゃろう、わしは体裁を取り繕うというんか、虚栄心が強い、見栄張りは自覚しとる。逆張りをして、変わり者と見られたい気持ちも強いで」

自分は着物を着たまま、楠子を抱きしめる。閉じた睫毛《まつげ》に、露が宿っている。それを吸うと、自分も蝶《ちょう》になった気がした。あるいは蛍。虫を追った故郷の田んぼの匂いが、蘇《よみがえ》る。闇に光る蛍は、月光よりも眩《まぶ》しかった。

「しゃあけど楠子に関しては、嘘偽りなく、ぼっけえ素直にその、これが色っぽくてええな、むしろ、これでこそ楠子じゃと心底からいえる」

楠子はじっとしたまま、また睫毛から新たな露を落とした。やがて目を開けると、晴れ晴れとその瞳《ひとみ》は澄んでいた。この色も見た。月を映していた、田んぼの水面だ。

「なんでかうちも、晴之介さんには素直になれるんじゃわ。うちはこの体や境遇を、劣等感として引け目に思ったことがないんよ。むしろ自慢なんよ。わざわざ自慢はせんけどな。うちは特別に選ばれた、くらいに思うとる。

東京に来たのも、逃げたんじゃなしに冒険じゃ。うちも、世界探検家じゃで」

その日、晴之介は楠子と結ばれたが、女の体として抱きながらも、心は楠夫に寄せているのではないかといった不思議な陶酔があった。

楠子は確かに女として晴之介を受け入れながらも、楠夫の部分も反応していた。

そうして晴之介は、できるだけ詳しくみっちゃんの話をした。初めて楠子を見たときに、みっちゃんだと呟いてしまったことも。

自分ではそうは思わぬが、やっぱりみっちゃんはこの世には居らん幻の女か、とも。

この場合、キバコの話はついでのように付け加えた。なんといっても楠子には、みっちゃんの話を聞いて知ってわかって信じてもらわなければならない。

「そうよ、うちはみっちゃんよ、というたら怪談になるんか。残念ながらキバコの話も、うちは知らんな。岡山に伝わる昔話じゃなしに、みっちゃんの作った話なんじゃろな。

嘘はつけん。うちはそのみっちゃんに、まったく心当たりがないで。そいでも、晴之介さんの夢や作り話とも思えん。きっとどこかに、みっちゃんは居るよ」

晴之介はついに親からの仕送りを打ち切られたが、楠子が一緒に住んで生活を見てくれた。楠子は晴之介と違い、実に生活力があった。

「石次先生が、孤児の将来に備えてな、様々な技能訓練を施してくれたおかげじゃ」

男児だけが習わされた活版や理髪だけでなく、女児だけが習わされた機織りに裁縫なども、おもしろそうだからやりたいと申し出て習った。

それを咎《とが》めたり、揶揄《からか》ったりする者はいなかった。楠子はやはり、何かが違うと皆に感じさせ、その違いは排斥ではなく畏怖《いふ》にも繫《つな》がっていった。

技能実習として農家や商家に働きに出され、それらも一通りは経験した。

楠子はすべて器用に、無難にこなせた。女としては腕力、筋力もあった。あんな嫋《たお》やかな姿なのに。そう、楠子はなんといっても、容姿に恵まれていた。

みっちゃんの姿をはっきりとは思い出せないのに、みっちゃんより美しいと思い、みっちゃんに申し訳なくなる。

本格的に芸妓《げいぎ》となれば東京でも売れるであろう、どれだけ良い旦那《だんな》が付くかと常に誘われ、芸妓にならずとも分限者の旦那衆の後妻に妾《めかけ》にという話は後を絶たない。

さすがにその出自から、楠子に名家の坊ちゃんとの見合いはなかった。

「うちが半玉をしとった頃、尾上菊五郎《おのえきくごろう》さんの葬儀があってな、沿道をびっしりと若い着飾った女が埋めとった。あれらは、菊五郎さんを悼んでというより、きれいな自分を見て欲しいと来とったんじゃ。

うちは手あたり次第、その女どもの足袋を踏んづけて下駄を蹴飛《けと》ばして、簪《かんざし》を抜いて放って、袖《そで》やら襟やら裂いてやったわ。菊五郎さんの笑い声が聞こえたで。

葬儀は陽気な方が、ああいう人気商売の人らは大入りじゃ満員御礼じゃと嬉《うれ》しいで」

このような小意地の悪さも、みっちゃんに勝る。

「晴之介さんのためにというより、晴之介さんの小説のために、うちは努めましょう」

主に楠子は、高級な料亭の仲居やハイカラなカフェーの女給として稼いだ。そういう店には、面接に出向けば必ず採用された。面倒を見てくれていた男達ともきっぱり別れ、籍を入れていないだけの夫婦になった。

心機一転と引っ越して、神田にある中級の料理屋の二階に住んだ。そこの店主が、大家も兼ねている。適度なお節介さも気遣いもある、初老の好人物だ。

程よい下町で、夜中でも真っ暗にはならない心地よい街なかだった。六畳間はなかなか陽当たりも良く、障子と雨戸を開ければ窓は天につながるほど大きかった。

階下で食べたりもするが、路地には屋台も物売りもよく来て通る。物の怪《け》もみっちゃんもキバコも、通っているのかもしれない。晴之介が気づかないだけで。

大家もその妻も周りの人達も、晴之介と楠子を夫婦ものと見ている。それ以外は思いつかないだろう。楠子が玄人筋で家計を支えているのも知られているが、晴之介の小説はまったく知られていない。

夜具と卓袱台《ちゃぶだい》とは畳んで隅に置くが、文机《ふづくえ》と鏡台だけは出ている。荷物は極力、減らして身軽になろうとしたが、晴之介の書物と楠子の着物は減らせない。

楠子は家にいるとき、休みをもらったときは、ほぼ化粧もしていない。少し前に流《は》行《や》った護謨《ゴム》の櫛《くし》とリボンだけで整える簡素な花月巻きにして、炭火を入れた鉄製の火《ひ》熨斗《のし》で黙々と着物の皺《しわ》を伸ばしている。

晴之介は貸本屋で借りてきた古風な探偵小説を読み、楠子に買ってもらった最新の万年筆をただ弄《もてあそ》んでいた。

「晴之介さんよ。あの楠子は男女、女男であると噂にならんのかと、不思議に思うか」

「うーん、元々わしは、あまり人の噂なんぞ、気にせんからな」

「当人が、口が堅《かと》うなるからじゃ。じゃけん、うちの体のことはあまり噂にならん。うちの相手をした男はこの体に気づいても、そんな面妖《めんよう》なものと情を通じたといい触らされとうないんじゃ。なんなら、化け物や物の怪と交合したと慄《おのの》く者もおるでな」

楠子は決して、屈辱に顔色や口調を変えることはない。自嘲《じちょう》も自虐もない。強がっているのでもなく、さらさらと笑みもまじえて語る。

「うちはこのように生まれてきたのを自慢としておるが、うちと関係を持って慄く御仁の気持ちも、わかる。それを恨む気にはなれん。

ならばうちは、天をも恨まねばならん。それは嫌じゃな。うちは、天から褒美を授かった気持ちでおるんじゃからな」

そんな驕慢《きょうまん》にして謙虚ないじらしい楠子と暮らしながらも、晴之介はどこか常に晴れない心の薄曇りがあった。なんといっても、なかなか小説が書けない。

楠子に申し訳ない気持ち、親や兄姉を見返したい気持ち、それらで焦り停滞し、といって楠子の手前、遊びにも出られない。

ありのままの楠子を書くのは、いろいろな躊躇《ためら》いがある。いずれ書くとしても、今は書かずにいる楠子との暮らしが心地よい。しかし故郷に戻って親に頭を下げて楠子を女房だと紹介するか、となれば躊躇う自分が歯痒《はがゆ》い。

そもそも楠子本人が、決してそれらを望んでこない。

「うちを、天女や聖女みたいに崇《あが》められても困る。うちは好色な浮気な女よ。気持ちええか、気持ちようないか。それだけで生きとる。男も、好きか好きでないかじゃ。ああ、そうそう。うちは男として、女との経験もあるで。どちらも、ええもんよ」

そんな緩やかに停滞していた年の暮れ、思いがけない物が届いた。差出人は春日野力人。封筒の切手と消印は、台湾《たいわん》のものだった。

確かに彼は、海を渡っていた。赤仁丹《じんたん》を口の中で転がしつつ、火鉢に寄りかかって読んだ力人の手紙を要約すると、こうなる。

――自分はすべての神経が太く、心身ともに頑強な探検家だし、人前でしゃべるのも未知の人達と親しくなるのも得意だが、文才は大いに欠けているものの一つだ。

せっかく皆が行けない国や、多くの人にとっての秘境を回って、ジゴマ並のとんでもない奇人や怪人、有名人にも貴人達にも会って、物語のような体験をしているというのに、いつも何か足らないままだ。

それは、きちんと文章で旅を書き残せないからだ。何人かに口述して書き起こしてはもらったが、どれもしっくりと来ず、物足りない。そんな折、神田で貴方《あなた》に会った。新進の小説家と聞き、貴方と会って話した後、文芸誌を取り寄せて読み、感嘆した。この先生こそ、私が探し求めていた書き手であると。

一度しか会っていないのに、不躾《ぶしつけ》であるし、非常識、非礼は承知のことであるが、ご協力を頂けまいか。私が各国から送る簡単な記録や写真などを元に、貴方が肉付けをし補い、書き起こしていただきたい。

内緒で、私が帰国するまでその原稿は手元に置き、誰にも見られないようにしてほしい。

さらに申し訳ないことだが、帰国後に各地の新聞などに渡して掲載されるその冒険記は、筆者名は私とさせていただく。

担当の記者などにも、自分で書いているとして原稿を渡す。

その際、私もいろいろ物入りなので、稿料や謝礼は折半とさせてもらいたい。

それとは別に、後に貴方が御自身の名前で私の冒険記を元に創作をしたい、私の体験を元にした架空の物語を書きたいとのことなら、それは喜んで様々な話の種となる材料も提供させていただくし、光金先生の創作に協力させてもらったと公言も致す。

さて私はこの後、香港《ホンコン》に向かう。そこから馬来《マレー》半島に渡って、いずれ泰《タイ》や緬甸《ビルマ》にも進み、印度にまで到達の予定である。その先は決めていないが、とりあえず確かな連絡先として新嘉坡《シンガポール》の武藤《むとう》商会がある。

この社長たる女傑の武藤井志子《いしこ》は、間違いなく私の支援者で味方であるから、貴方のことも伝え、作品の載った本も送らせてもらった。ほとんど小説など読まない社長も、大変に心を動かされた、楽しめたと喜んでおられた。

連絡先として遠山先生というのもあるが、私としては井志子社長を薦める。すなわち、この話を受けてくださるか、可否の手紙は井志子社長に送ってほしい。

正直にいえば、遠山満鶴先生には内緒にしていただきたい。いつもお前はおしゃべりは上手《うま》いのにと文才の無さを怒られ、文章も勉強しろとよく説教されているからだ。

私には強制する権利も力もないが、良い返事を期待している。──

隣で、楠子も読んでいた。楠子は音読し、女としては低め、男としては高めのその声はひどく耳に心地よく、何度か繰り返させたほどだ。

「まぁ、確かに文章が上手いということはないけど、ぼっけえ下手、何が書いてあるやらわからん、ということもないわなぁ」

「不躾な頼みというても、ぼっけえ失礼な奴、無礼な奴ということもないで」

あんたの得にもなる、光栄と受け取れ、といった見下ろしてくる態度も、得をする、損はさせない、といった無闇に欲を煽《あお》る文面もない。

なんとなく楠子の手前、ちょっと大家ぶったり芸術家ぶったりして勿体《もったい》をつけようかとも考えたが、これはやるべき、と楠子がいつになく声を弾ませた。

「別に、やっても晴之介さんの損になることはなかろう。まぁ、金のために代筆したとか、世間を欺いとったとか、いう人が居《お》るかもしれんけど。

春日野力人さんもいうように、これとは別にこれらを題材にした小説を書いて成功したら、誉められることになるんじゃないんかな。昇華させられたとかなんとか」

一度しか会ったことのない春日野力人の人となりなど、よくわからないが。謝礼をとぼける、踏み倒す、値切るというのもない気がする。目先の欲に目がくらんで、殊更に力人を美化しているのではない。

そんなことをすれば、たちまち晴之介に代筆を暴露されるのは予想できるだろう。それこそ、師匠たる遠山先生にも怒られるのは確実だ。これまで積み重ねてきた探険家としての実績すら疑われるようになることは、力人もできないはずだ。

別種ではあるが同類というのか、力人にも無闇な金銭欲はなさそうだ。名誉欲などはあるとしても、心底から大いなる冒険と探検をしたい、人がやらないことをやり遂げたいといった意志が強いのは伝わってくる。

ちらりと、没落したお家を再興したいと力人があの日いったことも引っかかっていた。

晴之介自身は名家の味噌《みそ》っ滓《かす》だが、自分もその光金家の一員であると示したい気持ちは、どこか力人に通じるものがある。

あの日の、二重にぶれた力人の姿が蘇《よみがえ》る。一瞬だったのに、自分は力人と強い繋《つな》がりがあることをあの幻影は示していた。幻影と、侮れぬ。あれはきっと、実像でもあるのだ。きっと力人は、あんな格好をしたことがあるのだ。

なんとなくだが、ぶれた力人の方が心持ち純情そうで、微《かす》かに自信なげだった気がするのは、少し若かった頃の姿なのではないか。何の根拠もないけれど。

考えてみれば自分は小説という、いわば虚構、幻影を写し取り、まざまざと現実として立ち上がらせることを仕事にしようとしている。

幻影の中に、現実がある。現実と信じているものが、幻影という場合もある。

楠子とは違う意味で、別の存在として、春日野力人は自分に新たな扉を開いてくれる人だと、晴之介は確信に近いものを得ていた。

なんといっても力人は、命懸けの冒険譚《たん》をいの一番に自分に読ませてくれる。

さらにそれを、楠子とともに楽しむことができるのだ。自分達は、世間に発表する前の力人の冒険譚を読めば、まるで二人して世界を旅している気分になれないだろうか。

二人で、紙の鶴には乗れない。だが、乗って飛んだ気にはなれる。

「なぁ楠子、何年か前に美しい芸妓《げいぎ》が遊郭の主人に両腕を切り落とされて、それでも奇跡的に命拾いした後、口にくわえた筆で書を書き絵を描き、評判になったよな」

「わかる。客の一人が、観に行ったと教えてくれたわ。器用さにも驚嘆したけど、異様な艶《つや》っぽさに見惚《みと》れたと」

「当初はただ腕無し娘として、見世物小屋の巡業をしとったんじゃで。その旅の途中で、小鳥が腕がないのに雛《ひな》に餌を与えとるのを見て、天啓に導かれたらしい。わしゃ腕はあるが、力人さんの腕をもう二本生やして書くことになるんか」

「減っても増えても、何かしら帳尻《ちょうじり》を合わせるようになっとるのが、この世の定めよ」

晴之介は早速、喜んで引き受けるとの手紙を送った。宛名《あてな》は、新嘉坡の武藤井志子様方　春日野力人様だ。

無礼にならない程度に、簡素な文面を書き添えてみた。

『貴方に会ったとき、二重に見えて目をこすりたくなりました。貴方の隣に貴方がいて、中国の服装で横笛を吹いていた。

幻だったと思いましたが、その後でそこに居合わせた美しい女性に話してみたら、かの女性もまったく同じものを見たというではありませんか。

二人で考えましたが、その貴方もまた実在した貴方なのでしょう。今現在の貴方よりも、やや純情そうな目をしておられましたから、少しだけ若い頃の貴方でしょうか。もしやそちらの貴方に、私は説得されたのかもしれません。』


それから、特に何事もなく一か月ほどが過ぎただろうか。南洋の新嘉坡から封書が届いた。差出人は無論のこと、春日野力人だ。下手といえばそうなのだが、本人と同じで不器用ながらも愛嬌《あいきょう》のようなものがあり、読みやすい大きな字だ。

晴之介の字は上手《うま》いといえば上手いが、個性や特徴のない字だといわれていた。

中には帳面が一冊、写真、そして手紙があった。真っ先に見た写真に、楠子とともに驚いた。写真は絵葉書に加工されていた。これを売って旅費の足しにするともいっていたが、確かに商品として成り立つ。

「これじゃわ、見たのは」

楠子がつぶやく。写真の中には、中国人の扮装《ふんそう》をして横笛を吹く格好の春日野力人がいた。手紙には、それについても触れていた。

第一回の探検に出たとき、上海で撮った写真であると。さぁ行くぞと最も気持ちが高ぶり、不可思議な力が漲《みなぎ》ったときだと。

まだ絵葉書に加工する前に、貴方《あなた》がそんな私を透かして見ていたとは、やはり強い絆《きずな》が生まれていたのでしょう、とも。そういえば撮影した写真館には、楠子さんのお姿を写した絵葉書もありましたよ、などと付け加えてもあった。

「力人さんは、楠子のことを知っとるし、覚えとるがな」

有力者が連れて来た数少ない女の中でも、目立つ女ではあった。誰かに紹介されて、名前も覚えていたのだ。晴之介と話し込んでいたのも、きっと見ていた。

さらに楠子の絵葉書が人気だったのも、ここで裏付けられた。

「ほんまじゃな。うちらはあのときが初対面じゃったけど、その後もうちらがこうして続いておるのを、力人さんは勘づいとる気もする」

まだ楠子と一緒にいることは、知らせてはいない。楠子の名前は出さずに同じ幻影を見た女がいると伝えはしたが、それが楠子だと見透かしているのではないか。

しかし、今一緒にいますと伝えるのは、力人の壮行会で女を引っかけ、引きずり込んだ、などと思われそうで嫌だった。実際、その通りだとしても。

写真を晴之介は文机《ふづくえ》に持っていき、壁に立てかけた。その前で、力人から送られてきた帳面を開く。頁の間から、異国の匂いが立ち上る。何やら、部屋の空気が暑く湿ってきた。

赤子の汗疹《あせも》のために使う和光堂薬局のシッカロールの缶を取り、首筋にはたきつける。

甘い香りの中、力人の文章は散文的といっていいのか、出来事がただ箇条書きのように記録されているだけだったが、わかりやすくはあった。

ざっと最初から終わりまで読んだ後、晴之介の気になる、気に入ったといってもいい箇所を繰り返し読んだ。行動力はあるが本人もいうように文を書くのは得意でない力人は、帳面に余白というのか、空白が多い。

後からここに書き足そうとして、空けたのか。結局、書き足せずに次の帳面に移ったか。

代筆を任された晴之介としては、堂々と余裕と想像力をもって自分の文体に書き起こせるので、簡素なのはかえってありがたくもあった。

それにしても、読めば読むほどこれは現実のことなのかと疑わしくなる点も多い。荒唐無稽《こうとうむけい》というよりも、いっそこれは怪談、怪異譚なのではという話が散見された。

そのまま忠実に書けば、まさに晴之介の創作した怪奇小説になるのではと危惧《きぐ》してしまう。そこは、冷静に調節しなければならない。

力人は帰国後はあらゆる新聞に冒険記を載せたいようで、実際に多くの新聞社とも掲載の約束をしてあるそうだ。いずれまとめて書籍にすると、全国紙から地方紙まで多くの記者と話し合いもしたとか。

引き受けた理由は、それもある。たとえ代筆であろうと、全国紙に自分の書いたものが載るのは誇らしく嬉《うれ》しい。名前は出なくても、岡山の地元紙にも出るだろう。いつか親や兄姉に、あれは自分の作だと種明かしもしたい。

晴之介は、今の自分の名前では有名な新聞に作品が載ることなどないし、書籍化も無理なのは承知していた。それを力人もわかっているだろうが、決して言葉にはしなかった。

どこかに、書かせてやるんだぞ、といった気持ちがあるのは間違いないとしても。口惜《くや》しいが、いずれ小説にして堂々と自分の名前で出した後、知名度を逆転させてみせる。そういった野心、功名心、ある種の復讐《ふくしゅう》心も湧いてきた。

自分には到底、『野菊の墓』のような悲恋の純情小説は書けぬ。夏目漱石《なつめそうせき》の『坊っちゃん』みたいな、軽妙な青春小説もたぶん無理だ。あれくらい売れてみたい、評判になってみたいが、書けぬ小説を書こうと足掻《あが》いてもどうにもならない。

ともあれ力人は今は遠い異国に居《お》り、内容をいちいち問い合わせ確認し直す手立てはない。

楠子にも読ませたが、楠子はこれはすべて現実に力人が体験したことだといい切った。

「たとえ他人には夢物語に読めようと、力人さんはほんまにこの魑魅魍魎《ちみもうりよう》どもに会《お》うとるんよ。いや、力人さんがもはや魑魅魍魎の眷属《けんぞく》になっとる」

久しぶりに、きちっと文机の前に座った。まずは時系列に沿って、箇条書きだったり散文詩めいていたり、走り書きだったりするものを、誰よりも自分によくわかるように書き直そうとしたが、どうもそれは筆が乗らない。

台湾にまた渡り、そこから香港に移っていて、その道中の話もなかなか興味深いものはあったが、さっと上手くまとめられそうにない。

「おもしろそうなところから、摘《つ》まんでいきゃあ、ええがん」

楠子の後ろに、ぼんやりと何かが見えた。春日野力人ではない。

晴之介が強く心惹《こころひ》かれたのは、まずは新嘉坡から馬来半島に北上した話だ。密林の中に分け入っていき、護謨《ゴム》を採る現地の者達の小屋に泊めてもらったら、象の大群に襲われた。松明《たいまつ》で必死に追い払って逃げたが、小屋はぺしゃんこになった。

ともに戦い、逃げた中国人の親方は今も無事に生きていると信じたいが、途中ではぐれて行方不明になってしまっている。死体も見つからず、目撃談もない。森の中にまだいるとしたら、まさか象の群れにさらわれたか。

どうにか南の島までたどり着いたら、日本娘を揃えた女郎屋が何軒かあった。そこに泊めてもらって、一人の女郎と親しくなった。

不美人で気性も激しく金にもがめつく、なのに得もいわれぬ愛嬌のあるユメ。力人によると、その馴染《なじ》み客だった中国人と喧嘩《けんか》になり、大暴れして警察に捕まった。

警察署に留置されていた力人の身元引受人となってくれたのは、新嘉坡からはるばる駆け付けてくれた武藤商会の社長、井志子だ。

少なくはない罰金と保釈金を払ってもらい、無事に力人は釈放された。

おかげで今から、緬甸に向かえる。しかしもう一度ユメに会いたくもある。と、ここで記述はいったん終わっていた。

「象の大群に襲われる。そりゃあ岡山に、いんにゃ、日本国のどこに居っても無いで」

楠子は何度もそこのところで笑っていた。実際にそんな目に遭えば、ぼっけえきょうてえ、ものすごく怖いことだろう。

写真でしか見たことはないが、牛や馬、熊とも違う異郷の大きな獣は、その鼻の一振りで小屋もろとも人をぺしゃんこにできそうだ。

そして南の島の女郎ユメとの話は、色事としては一行も書いておらず、ただ親しくなったというだけなので想像するしかないが、淫靡《いんび》な雰囲気はなく、ただ物悲しい。

力人の女関係はよくわからないが、なよなよと優しくしおらしい女、つまり手弱女《たおやめ》が嫌いというほどではないがあまり好みではないらしいのが、なんとなく同じだなと微笑んだ。

力人の場合は、自分自身も強気でぐいぐいと一心不乱に前に進む性質だから、同じような女でないと合わないのかと想像できた。

晴之介の場合、自分も変なところは頑固だがあまり強気に出られず、流されやすく内に籠《こも》るところもあるので、同じような女だと共倒れになる恐れがある。女に主導権を握らせるのは恥でも屈辱でもなく、楽で楽しいのだ。

身近にいたのが、気丈な母や口の達者な姉というのもあるだろう。今は亡き祖母や曾祖母《そうそぼ》、親戚《しんせき》の伯母《おば》や叔母《おば》、光金の女はみんなきつい性質だった。

捉《とら》え方や方向は違っても、力人と自分は勝てない、手に負えない、と思わせてくれる女が慣れていて好きなのだと勝手に解釈し、親近感を覚えた。

みっちゃんは、また別物だ。みっちゃんの怖さは、違う種類の怖さだ。

力人と井志子社長の関係は、彼女がただの支援者なのか、別の含みもあるのかは謎めいている。たぶん自分も井志子社長に会えば好みであるに違いない。

楠子もそんな女で、気が強い、口が達者というのが際立つのではない。その不思議な生まれついての体のことも含め、何よりも摑《つか》みどころのなさに強く惹《ひ》かれている。

そこに若干の恐怖といってもいいものも含まれているが、それもまた蠱惑《こわく》に近い。

*

『赤道直下の国の暑さは、日本人にはなかなか体験できないものである。まるで地面にも太陽があるような、といっていいのか。

上から下から炙《あぶ》られ焦がされると、どうなるか。もはや、何もかもがどうでもいい、すべては些末《さまつ》なこと、あらゆる悩みが矮小《わいしょう》なものとなっていく。

私は私という人間が溶けていくのを感じながら、密林の中の小屋で親切な中国人の親方と、南洋ではあちこちで見かける甘い芭蕉《ばしょう》の実を食べていた。日本には自生しない、ねっとりとした味わいと舌触りの果実。

言葉は通じなくても、身振り手振りと、あとは心の声でなんとかなるものだ。国は違っても、神様が違っても、同じ人と人ならば。

今思い返しても不思議なのだが、護謨を採る者達をまとめる役目のその親方は、大陸にある故郷の村の怪談を語ってくれた。

それは大変に恐ろしい話で、私は炎暑の中でも鳥肌が立ってしまったが、どうしてもその話を思い出せない。ただ、怖かったとしか。

それ以前に、そこまで複雑な話を何故に身振り手振りに片言だけでわかったかも不思議だった。思い出せないのが、まったくもってもどかしい。

さて、小屋で呑気《のんき》にしているとき、突如として物凄《ものすご》い地響きと獣の咆哮《ほうこう》が上がった。密林の獣がすべて、緑の炎となって燃え上がるかのようだった。

逃げる間もなく、小屋は紙細工のように潰《つぶ》されてしまった。よくあそこで、私達も潰されなかったものだ。たまたま、運の良さに救われたのだ。

故郷の岡山では、間が悪いことを、まんが悪い、という。この「ま」は間ではなく「魔」のような響きがあった。

象は遠目には大人しい草食獣だが、間近に見れば獰猛《どうもう》で凶暴な怪物だ。ごわついた硬い皮膚に強い毛が生え、目にははっきりと人への敵意が宿っていた。

あの目は誰かに似ている。

親方が、ふとそんな呟《つぶや》きを漏らしたのを確かに聞き取った。そして私は、その目をした者が親方のごく近しい人なのも直感した。

かつては親方を、愛《いと》しい人として見たことがある者だということも。

転がっていた松明の残りに必死に火をつけ、親方とともにそれを無我夢中で振り回しながら、緑の地獄のような密林を逃げた。象の咆哮が、女の悲鳴ともなって響いた。

親方は、誰かの名前を叫んでいた。女の名前だと、これも直感した。今はその女は、象の憎悪に燃える目をしているに違いないとも。

熱気の中、熱風の中、隣になったり前に来たり後ろに回ったりする親方の脳の中にあるものが、私の脳にも雪崩《なだ》れ込み、映っていることに気づく。

象が人間の大きさになり、顔は象のままなのに、体が人間の女になっている。現実には追ってくるのは象なのに、脳裏に結ぶのは異形の怪物。女の化身。

親方の恐怖心が、私に伝染している。私は現実の象よりも、脳に送り込まれる怪物に食い殺されぬよう、踏み潰されぬよう努めた。

頭の中を空っぽにするとでもいうのか、腕はひたすら松明を振り回し、足はひたすら前に進める。捕まったら、最後だ。

異形の女と象の怪物の後ろには、男と象が混ざった奴らも居る。見たのではないが、これも脳裏に像が結ばれる。

気がつけば、私は独りで密林にうずくまっていた。象の群れは居《お》らず、親方もどこかに行ってしまったか、踏み潰されてしまったか。

頭の中に、時おり微《かす》かな映像がちらついた。薄く、親方の故郷の景色らしきものも垣間《かいま》見えた。砂塵《さじん》の舞う、貧しい土地。ああ、親方の語った怖いものがある。

象の頭と人間の女の体の断片だったり、松明の燃え滓《かす》だったり、見知らぬ女の顔だったり。その女の顔に似た、しかし別人達の象と混ざった異形の存在も、増えたり減ったりしながら、緑の獄に同化する。

怒号は象のそれより、人のそれが勝っていく。

これはともに逃げ、戦った親方の頭の中から送られてくるものかと、必死にそれらを凝視しようとした。怖い話も、まざまざと思い出しかける。

実際に目の前にあるのではなく、脳裏に映し出されるものを凝視するとは、困難なような、意外にも自然とできてしまうような。やがてそれらは徐々に薄れ、途切れ、仕舞いには何も映像を結ばなくなってしまった。

もしや親方は、たった今亡くなったか。そう思えば怖いより、悲しくなった。

その後、私は現地の中国人や日本人に、親方は恋女房に浮気され女房と相手の間男を殺して密林に捨てたという噂があると聞かされた。あくまでも噂だ。

もしかしたら彼の脳から私の脳に送られてきていたのは、彼にとっての恐怖の形、物の怪《け》となった恋女房、その身内たる復讐《ふくしゅう》者どもの群れだったのかもしれない。』

＊

久しぶりに晴之介は、一心不乱に一気に書き上げてしまった。それこそ、脳に鮮やかに彩色された映像が流れこんできたのだ。

ただしそれは見知らぬ中国人の親方の脳から送られてきたのではなく、力人の脳を経由して雪崩れ込んできた感じだった。

元になったのは箇条書きみたいな力人の記録だったので、相当に肉付け、脚色というより、ほぼ創作になってしまっている。

「これはさすがに、小説に寄りすぎとるかなぁ」

文机《ふづくえ》の前で腕組みしていたら、ふっと近づいてきて取り上げた楠子が、

「これはある意味、すべてがほんまの正確な記録かもよ」

一通り目を通した後、ぽつりとつぶやいた。ふわりと女の匂いが強く漂ったのに、声はいつもより低めの男みたいな響きがあった。

「もしかしたら力人さんは親方から、女房とその情夫を殺したことを打ち明けられたか、何かの拍子に知ってしもうたんじゃないんかな。後から、噂で聞いたんじゃなしに。

思い出せん怖い話とは、それじゃ。ほんまは、思い出せておるんよ。

小屋を襲ってきたんは象ではなしに、女房の身内かもしれんよ。あるいは、情夫の方の身内。中国人の親方は、そいつらに連れ去られたか」

ふっと微笑むと、楠子の女の匂いは薄まり、声はやや高くなった。

「ほほぉ、楠子は、力人さんはそれをこういう話に変えてしもうた、というんか。なんではっきりと本当のことを書かんか。誰かに盗み見られると困るからか」

「そうじゃ。日本語が読める中国人は、居るからなぁ」

逃げおおせたと安堵《あんど》したのも束の間、またしても力人の身近に、親方の女房とその情夫の身内が近づいてきたのかもしれない。

ただの知り合いだ、たまたま親方とは居合わせたにすぎぬと言い訳したか。

「力人さん自身も、これに関して何やら隠したいことがあるんかもなぁ」

ただひたすら力人は逃げたことになっているが、もしかしたら勢い余って、あるいはやむを得ず、追っ手を殺傷してしまったことも考えられる。

となれば力人はまたしても、親方の女房かその情夫の身内に追われることとなる。象に化けず、人のまま追ってくるだろう。もう松明《たいまつ》では、追い払えない。

「親方は連れ去られて、どうなったかな」

何かの書物で見た、印度の神々を思い出す。象と人が混ざった神様もいた。日本人の感覚ではどこか親しみやすさもあり、可愛らしいとまで思ってしまう。

だがもう、そんな感想は持てない。ただ怖い。なのに、記憶の中でその神様は極彩色に変化し、艶《なま》めかしさと残酷さが増していく。

「象に踏まれたように、酷《むご》い姿になったか。それとも、親方もまた象に生まれ変わって、誰かの悪夢に地響きを立てとるか」

ふと、中国人に扮《ふん》した力人の吹く横笛の音が、聞こえた気がした。遠い密林の象の咆哮も。象が、ひそひそと怖い話をしている。

「わしも連れていってくれ」

思わず叫べば、ふっと作り物の鶴に乗った楠子が、いったん降りてからまたふわり、洗い髪をなびかせて飛んでいくのも見えた。

虚空に手を伸ばしてみる。指先に触れるものは、ない。何も、ない。

第二章　蛮界極楽女

年が明けた。何事もなく、といっていいのか。

一つ歳を取った晴之介は、故郷の親からは勘当状態、定職に就いておらず小説家とは名ばかり、変わった境遇の相方に食わせてもらっていて、さらに奇妙な自称世界探検家に旅行記の代筆をと秘密裏に頼まれた。

とうてい何事もなく、とはいえないのだが、とりあえず晴之介は生活苦には陥っておらず、相方との仲も円満、代筆とはいえ報酬が期待できる執筆にも取り掛かっている。

「何はともあれ、正月はめでたいとしましょうや。明治の御代《みよ》も四十五年じゃわ」

とりあえず傍目《はため》にはのんびりと、楠子と火鉢で餅《もち》を焼いている。

「わしゃ、ついに満年齢でも二十五歳じゃで」

高等学校進学で岡山の実家を出て、大学も東京に進んだ光金晴之介は、世界探検家を名乗る春日野力人には遠く及ばずとも、気がつけば結構な年月を異郷で過ごしている。故郷の実家にいたのは、少年の頃までだ。

田舎から出てきた、それなりに金があって遊び好きで、故郷にはしっかり者の兄姉がいる気楽な次男坊。そんな者が東京の楽しさを知れば、ずっといたい、帰りたくないとなるのは自然、当然といえばいえた。

それで大学に通っているふりをして、売れない小説を書きながら親の仕送りで下宿先に居座り続けるどころか放蕩三昧《ほうとうざんまい》していたら、あっさり縁切りされた。

それでもなつかしく恋しいのは親と生家ではなく、いつも一緒に寝て怖い話をしてくれたみっちゃんと、滅多に入らなかったのに光金家の象徴みたいだった土蔵。

「親も、不出来な末っ子が居《お》らんでも困らんどころか、いた方がかえって老後が不安になるじゃろう」

晴之介は自嘲《じちょう》や開き直りではなく、真面目に考えている。いってしまった後、楠子は親が最初から居らんも同然の子じゃったと気まずさを覚えるが、楠子は箸《はし》で餅をひっくり返しながら、苦笑している。

ほぼ、楠子は女房になっている。もし親に勘当が許された場合、楠子の身の上や体について打ち明ければ、親は田舎町においてはインテリゲンチャ、都会を知る人としての自尊心や自負もあるから、即座に雑な断罪はしないだろう。

だが間違いなく別の理由を付けて、楠子を晴之介から遠ざけようとするはずだ。

もしかしたら想像以上に体裁、世間体を気にして、無慈悲に楠子だけを遠方にやり、晴之介は座敷牢《ざしきろう》に軟禁もあり得る。光金家は特に地元でも分限者の家で、使っていない部屋もたくさんある。

いち早くほとんどの屋根を茅葺《かやぶ》きから瓦《かわら》にしてしまい、重厚な黒光りする屋根の連なりは遠くからも目立ち、まるで堅牢《けんろう》な武家屋敷だった。自分の知らない暗がりが、まだたくさんあるに違いない。土蔵の中も、隅々まで知っているわけではない。

そこまでの屋敷でなくても、田舎の家はだいたいが、怖い。屋根裏、納戸、縁の下、土蔵、外にある風呂《ふろ》場《ば》や便所。柿の木がある庭。馬小屋、牛小屋。そこの家の者も知らない暗闇、暗所が至る所にある。

「わしゃ、下宿のために都会へ出てきて驚いたことはいろいろあるが、家の中が怖くない、きょうとうない、というのも大きかったで。住処《すみか》が小そうなったのを差し引いても、とにかく家の中が見通せる。

灯はそこまで煌々《こうこう》と照っとらんでも、隅々まで明るいというんか、どこも目が届くというんか、隠れとる者の存在が感じられん」

男であり女でもある、男でもなく女でもない、しかし晴之介といるときは女寄りになっている楠子と、布団の中でくっついて蛇みたいに絡まり合って微睡《まどろ》んでいると、二人が溶け合って混ざり合っていく気がする。そのうち、脳も共有するようになるのではないか。

「うちは、晴之介さんとは違う境遇と意味で、大きな建物の中で大勢と暮らしてきたんよ。こういうのもな、どこにも隠れる場所はなかったんじゃで」

楠子は、孤児院暮らしをそこまで暗い過去にはしていない。院長たる石次先生は今も敬愛しているし、親しかった旧友らを語りもするが、そこへ帰りたくないのは伝わってくる。

「家出して、ほとんど押し入れじゃけど一人の部屋を与えられたとき、ぼっけえ安らいだんよ。初めて、どーんと遠慮なく手足を伸ばして寝られた気がした。障子に怪しい物の怪《け》の影が映ることすら、おもしろがった」

そうして今二人がいるのは、神田の間借りしている二階の六畳間だ。目を閉じると故郷の岡山の懐かしい自分の部屋なのか、はたまた力人と一緒に南洋の密林にいるのか、曖昧《あいまい》になってくる。

目覚めれば自分は土蔵の中の木箱に入っていた、といった与太話も思いつく。自分が見ていた夢を、楠子が語れる朝もある。

「晴之介さん、昨夜はきょうてえ、怖い夢を見たじゃろ」

凄《すさ》まじいばかりの青空が広がる天気なのに、二人とも外は豪雨だと思い込んでいたのは、揃って雨の夢を見ていたからだ。

まるで足元から無数の白い鳥が飛び立っているように見える勢いの雨の中、二人はまったく濡《ぬ》れずに歩き、笑っていた。

「うちら、幽霊みたいじゃな」

夢の中でも起きた後も、楠子は同じことをいった。楠子もまた、故郷を離れてあちこちを転々とし、いってみれば長い旅をしている。

すべて器用にこなせる楠子は自転車にもすぐ乗れるようになり、階下の大家の料理店もときおり手伝うようになっていた。美女が颯爽《さっそう》とすごい速さでやってくると、配達の方でも人気となって稼いでいた。

そんな楠子が店から買って持ち帰った、寿屋洋酒店の赤玉ポートワイン。一杯を茶碗《ちゃわん》で飲むと、火照る頰と冷える背中で、学生時代から使っている文机《ふづくえ》の前に寝転がり、春日野力人が送ってきた帳面を開く。

乱暴な箇条書き。子どもじみた走り書き。勝ち誇るのではなく、負け惜しみを呟《つぶや》く。

「文才なら、わしの圧勝じゃ」

帳面には、晴之介にはどうやっても不可能な世界冒険譚《たん》が綴《つづ》られている。

他人の冒険譚ではなく卑近な自分の現実を見つめれば、力人の代筆をすることが最も金になり、有名な新聞などに掲載されることになるのはわかる。

うまくいけば、そこから自分の望む小説家への道も開けそうなのが見えてくる。

「ならば、目の前のこれを書け書け」

いつまでも自分の好きな物だけ書いて投稿していても、結果が出ないのはわかっている。楠子に甘えっぱなしも、やはり引け目には感じる。なんといっても、キバコの話も書き始めることすらできないでいる。

どんな話だったか、キバコ。尻尾《しっぽ》でもつかめれば、そこからずるずると胴体や頭が引きずり出せそうなのに。語り手のみっちゃんも、尻尾すらつかませてくれぬ。

「すべては、備えられん。わしは行動力、生活力がない。力人さんは文才がない」

年齢も国籍も、不明になってしまう雰囲気。容貌魁偉《ようぼうかいい》な大男。今頃は緬甸に渡っているか、もう別の地に移ったか。彼はどこに行っても、どんな境遇に落ちても、しぶとく飄々《ひょうひょう》と生きていけそうだ。

自分は日本で、ある程度の余裕がある暮らししかできない。そして、稼いでくれる身内がいなければ生きていけない。

「やっぱりわしが勝てるのは、文章力だけか」

自慢ではなく、自嘲になってしまう。それは事実としても、晴之介の文章はなかなか金にはならないのだ。何度か文芸誌に掲載されたといっても、新たな原稿は送り返されるだけましで、返事すらもらえぬことも多い。

力人が帰国の暁には、各新聞社や出版社がぜひ原稿をと待ち構えている。それは壮行会でも目の当たりにした。各地の講演にも引っ張りだことなり、きっと師たる遠山満鶴と並んで子どもらの憧《あこが》れる存在にもなる。自分には、ないことだらけだ。

「じゃが、その春日野力人の原稿は、この無名作家が書くんじゃ」

楠子は今、仕事に出ている。だから独り言ばかりいっていることになるが、ときおり誰かが相槌《あいづち》を打ち、返事をする気配があった。

それにしても楠子は、不義の子で孤児という生まれは悲哀に満ちているが、器用にあれこれこなせ、人目を引くほどの容姿に恵まれている。

ただ、あの生まれ持った不思議な体はどう取ればいい。世にも奇妙な、奇怪な、という恐れ方もでき、どちらでもないという憐《あわ》れみも受けるだろうが、本人は開き直りでも強がりでもなく、まさに二つが備わっている、恵まれていると解釈している。

「引け目には、せん。そう決めたとき、もう一つのことも決めたで。悪さも、せん。どんだけ困っても、悪事には手を染めん。それじゃ。

もしうちが捕まったら、男と女、どっちの牢屋《ろうや》に入れられる。当局も困るじゃろうが、うち本人が誰よりも困るわいな。犯罪そのものを責められ裁かれるのは仕方ないこととしても、持って生まれた体を責められ断罪されたら、さすがにつらいで」

楠子が完全に女だったら。楠子が完全に男だったら。

ときおりふと、これも想像してみる。前者なら、正式に結婚して妻にして子を儲《もう》け、平穏な暮らしを望めるか。後者なら、ただの良き友となるか。気の合う弟分として、色気抜きで可愛がるか。

これまた開き直りでも強がりでもなく、楠子はあの両性具有だからこそいいのだ、と結論はいつもそこに落ち着く。あの体であってこその楠子だ。自分は、あのように生まれついた楠子に惚《ほ》れているのだ。

「うちは朋輩《ほうばい》に、ようリボンさんと陰口を叩《たた》かれ、面と向かってもいわれたで。リボンさんとは、目立ちたがり屋の悪口なんよ」

「ああ、なんか聞いたことあるな。風情ある悪口じゃのう」

「そうそう。うちも、誉め言葉と受け取ったで。わざと外国製の大きな派手なリボンつけて、ついでにこれもわざと一瓶が四十銭の安香水をつけておった」

「それらを取っ払っても、楠子は目立つもんな。あってもなくても、楠子は楠子」

春日野力人については、晴之介は心酔しているともいえないし、胡散臭《うさんくさ》いと感じるところも多々あるが、好意的に見てはいる。

多分、あらゆる面で自分の敵にはならないし、性格も言動も含めて住む世界が違い過ぎるからだ。書き物でつながっても、ともに旅することなどあり得ない。

そんな力人だが、楠子のことは完全に女と思っているだろう。というより、両性具有だなどと想像したこともないはずだ。しかし力人なら、知ってもさほど驚きもせず、態度も変えないと確信できる。

世界探検家。そう名乗るほどの男だ。この世は広い。見知らぬ異国には、きっと楠子を上回る不可解な存在、不思議な身の上の人達がいて、力人もいちいち驚いてはいられなくなってきているのではなかろうか。

「やっぱり、若者は世界を見て回らにゃいけんな」

さて晴之介は元々、安い帳面にまずは下書きをしてから原稿用紙に清書するのが習慣となっていたが、力人の探検紀行文に関しては帳面を二冊、用意した。

一冊は、力人の簡単な走り書き、覚え書き、箇条書きをできるだけ忠実に正確に書き写しながらも、これまたできるだけ晴之介の主観は入れないようにし、補足をして膨らませて書き足していく。

そのために図書館で調べものをし、古書店などで資料としての本も買い入れた。

たとえば力人が、「上海六三園にて蟹《かに》を食す」と書いていれば、晴之介は、『店主の白石六三郎《しらいしろくさぶろう》氏が明治四十一年に開いた上海料理店で、広大な日本庭園がある。上海の蟹はやはり、上海の酒に合う』というふうに書き足す。

この帳面の下書きから起こした原稿が、春日野力人の探検記としていずれ新聞に載る。

もう一冊は、力人の記述から思いついた、完全なる創作のため、自分の小説の下書きとなる。当然、怪奇小説となっていく。

こちらはなんとかして機会を得て、自身の名前で発表したいものだ。

とはいうものの、だんだん二冊が混ざり合ってきて、どちらに検証した事実を書いたのか、どちらに思い付きを連ねたのか、自分でもわからなくなるときが増えた。もはや開き直り、わざと事実と創作を混ぜるのを意識して書くようにもなった。新聞などに発表するのは当分先だから、とりあえず書き溜《た》めておかねばならない。

外に面した障子戸が風にがたつき、二階なのに誰かが入ってきそうな気配に少し怯《おび》えてみる。万年筆を握りしめ、風の音を聞く。


『その赤い角灯が、ときめきの鼓動の如く揺れる上海の料亭には、極めて特異な仲居がいた。それは一人というべきか、二人といわねばならぬのか。

桃色の頬と深紅の唇を光らせる美しい双子姉妹は、神の気まぐれや不手際などではなく、意匠を凝らした人間の造形の傑作とでもいうべき姿をしていた。

私の表現が陳腐で拙《つたな》くて申し訳ないが、端的にいえばまるで英字のYのようだ。

上半身は二人、下半身は一人なのだった。腕や手はそれぞれあるので合わせて四本だが、脚は二本だけだ。

なんでも、胃から下の臓器は共有しているとか。

中山太陽堂の化粧品、クラブ洗粉の蓋《ふた》に描かれた花の妖精《ようせい》のような双美人図形。あれがそっくりそのまま、人間に変わった可憐《かれん》さだ。

特注の紅色の衣装をまとった結合双生児こそが、その料亭一の名物であった。

私は一目で恋に落ち、それからもうっとりと姉妹の一連の動きを目で追い続けた。

姉が蟹を鋏《はさみ》で割り、妹が銀の棒で身を掻《か》き出し、姉が蟹の身を皿に載せ、妹がそれを客の前に置く。姉が酒瓶を持ち、妹の持つ杯に注ぎ、妹が客に手渡してくれる。

姉妹はその間にも別々に客としゃべっているが、私には上海の言葉はまるでわからないので、小鳥のさえずりを聞いているようだ。

頼めば隣に座って、歌ってくれたりもする。素晴らしい二重唱。一人が歌っているのではなく、確かに二人が歌っている。微妙に、声に高低があるのだ。

私はこの姉妹に恋をしたが、どちらに恋をしたのだろう。どちらにもか。

さすがに毎日では金が続かなかったが、姉妹を目当てに頻繁に通った。私以外にもそんな客は多く、たいていが姉妹どちらにも見惚《みと》れたが、中には姉だけが好き、妹しか目に入らない、というのもいた。

その気持ちはわかるような、わからないような。いや、わかる。下半身は共有していても、明らかに二人は二人。それぞれ別々の個性と人格とが備わっていた。

姉妹見たさ会いたさに客は列をなしていたが、ある日ふっと姉妹はいなくなった。

主人によると、なんと子どもができたという。

子宮は一つを共有しているので、もし妊娠中や出産時に不測の事態となれば、姉妹が揃って命を落とすかもしれぬ。そういって産むのを反対したら、ふいっと何も持たずに出ていったそうだ。

聞かされた私の頭も、混乱した。腹の子にとっては、姉妹二人とも母親か。産みの母親が二人いるとは、その子も母親の体と同じくらい不思議な境遇ではないか。

常連客に聞いた話では、妹はまったく妊娠に気づかず、姉がふしだらなのだと怒っていたとか。姉は好きな男に抱かれて何が悪い、私はふしだらではないといい返したとか。

妹が寝ている隙に、妊娠した。果たして、そんなことはあるのか。

後日談は、さらに話を混乱させる。いや、常連客がいっていたことは、事実だと補強することになった。

しばらくして孕《はら》ませた男が名乗り出てきて、自分の妻は姉の方だ、妹は関係ない、姉にのみ私の子を身籠《みごも》らせたのだといったそうだ。

あまりに不思議が重なると、最早《もはや》すべてを受け入れるしかないと、投げやりにも似た寛容さが芽生えてこないか。

それにしても、体が一つなのは性の快楽も共用なのか、分け合っているのか。凡庸な体に生まれついた自分には、想像が及ばぬ。

さて姉妹は噂によると無事に出産したようで、子どもを連れてどこか海外に渡ったそうだ。姉妹は仲違《なかたが》いしても、別々に暮らすことはできないのだ。父親に当たる男が一緒かどうかはわからないが、姉妹と子どもは元気に暮らしているかと聞けば、店の主人は嬉《うれ》しそうにうなずいた。

あんな目立つ姉妹なのだから、どこに行っても人目に付き、噂になるだろう。なのに、姉妹の消息は杳《よう》として知れない。もしやこの主人が父親で、姉妹と子どもを匿《かくま》っているのかもしれないとも考えた。

たまたま、その主人が所有している住居の前を通りかかったことがある。微妙に高低差のある女の声が、子守唄《うた》を二重唱していた。』

読み返し、自分で不思議に思う。どこから、こんな話が湧いて出た。

いや、力人の上海における走り書きから着想を得たのだろうが、まるでこの姉妹を実際に知っているかのように、すらすらと一気に書いてしまった。

もしや、昔みっちゃんに似た話を寝床で聞いていなかったか。記憶の海に、沈んでしまっているけれど。子ども心にも、どこか淫猥《いんわい》な匂いを感じたような。けれどこれは、キバコの話ではない。それは確かだ。

ともあれ春日野力人の名前で発表するのだし、秘密裏にだが原稿料ももらうのだから、想像ばかり膨らませるわけにはいかぬ。正確さが、何よりも大事だ。

力人の書き付けをわかりやすく直した後、資料に当たって事実を補強し、大衆が面白がる読み物にしなければならない。

好きな怪奇小説ばかり、書いてもいられない。とはいえ、力人の体験や記述から着想を得て晴之介の世界、晴之介の作品を作っていいともいわれている。

それにしても筆が乗ってくると、これらは実際に力人が見たり聞いたりしたものか、自分がみっちゃんに聞かされた話かすべて迷ってくるようになる。

いつしか力人が自分の中に入り込み、力人の体験は自分の中にも蓄積されていく。みっちゃんが、万年筆を持つ手をそっと握っている感触もある。

『安南《あんなん》の地では、とにかく茂みが怖かった。苛烈《かれつ》な太陽よりも、真の闇になる夜よりも、足を取られたら最後の猛《たけ》る河川よりも。

まるで意思を持っているかのような、生々しくも太々《ふてぶて》しい叢《くさむら》。病み爛《ただ》れた熱気の渦巻く密林には、人を餌だと見る獰猛《どうもう》な獣や大蛇、熱病を媒介する毒虫らも潜んでいる。

それよりも現地の人達に、物の怪《け》の話を聞かされたためだ。

安南には、コホンなる恐ろしいものがいるという。非業の死を遂げ、きちんと弔ってもらえない者は、茂みに潜んで人を襲う悪霊になるのだとか。

このような妖怪《ようかい》は、おそらく各国にいるはずだ。我が国にもいると、誰かに聞いた覚えがある。我が国のは、どんな姿をしているのだ。もしや私は、見たことがあるのか。

　安南では、そんなコォホンの邪悪な力を利用しようと拝む者達がいる。恐ろしい祟《たた》り神などを拝んで祀《まつ》って、味方につけ守護を得ようとする。それは我が国でも、よくあることだ。

　さて、安南の人々に聞いた話を書き記そう。ある町に、美しい人妻がいた。夫は村で一番の屈強な大男、しかも金持ちだ。だから常に、夫には愛人がいた。

　そういう人妻も実は浮気者で、夫以外の情夫も途切れなかった。今の情夫は金もないし華奢《きゃしゃ》だが、とにかく色男だ。

　なのに人妻は、夫の新たな若い愛人が憎くてたまらなくなった。人の心の中に巣くう魔性のものもまた、いつでも腹を減らして獲物や生贄《いけにえ》を求めている。

　人妻は、夫の若い愛人を少し遠方に誘い出した。まんまと二人きりになると、背後から襲って絞め殺してしまった。

　コォホンになられたら厄介だと、あらかじめ用意してあった線香をあげ経文を唱え菓子を捧《ささ》げ、簡素な葬式をしてやった後、木の下の茂みに埋めた。

　若い愛人は失踪《しっそう》したことになるはずだと、コォホン並に恐ろしい人妻は、素知らぬ顔で家に戻った。まさかとは思うが失踪の関与を疑われたら、あの尻軽《しりがる》はどこぞの若い男と逃げたのだと、しれっと答えるつもりでもいた。

夫は可愛い愛人に去られてしょげていたが、お前は行方を知っているかなどと妻に聞けるものではなかった。さすがに、妻が殺したなどとは疑いも起きぬ。

そうして恐ろしい人妻は、平然と自分は浮気相手の情夫と逢《あ》い引《び》きを続けていた。

若い情夫は本気になり、人妻に向かって夫と別れるよう懇願してくる。

一途《いちず》さ純情さは可愛らしかったが、人妻は金持ちの夫と別れて貧しい男と添う気など、これっぽっちもない。若い情夫は、あくまでも遊び相手なのだった。

それからしばらくして、人妻が家に戻ると無残な姿の夫がいた。血の海の中で全身を引き裂かれて息絶え、見覚えのある線香と菓子が傍らに転がっていた。

悲鳴を上げて腰を抜かす人妻の前に、同じく血に塗《まみ》れた浮気相手の情夫が現れた。

情夫は、こんなことをいった。ある茂みにコォンがいると噂を聞き、その力を借りて人妻の夫を亡き者にしたいと拝みに行ったと。

そこには不吉な線香と菓子が腐っており、人の肉の腐臭も漂っていた。知った女の残り香も。と、情夫は夢を見ているような眼差《まなざ》しを向けた。

たちまち力が漲《みなぎ》り、普段の自分ではない力で、人妻の夫を八つ裂きにできたと。

この非力な自分がそんな真似ができたのは、と、そこで情夫は哄笑《こうしょう》した。

情夫の笑う口元から、人妻が殺した夫の愛人の声がした。

あんなままごとのような葬式で、私が成仏すると思ったか。私は立派にコホンになったよ。まさかのこのこ、お前の情夫が私を拝みに来るとはな。

弔いには何より、心がこもっていないと意味はないのだ。

――それにしても南洋の地には、あちらこちらに祭壇、神棚のようなものが設《しつら》えてある。寺院や民家だけでなく、商店や工場、宿の一角にも。村の辻《つじ》や広場にも。

あんなにあれば、人を守る神様やその使いだけでなく、邪悪な物の怪や邪神とその使い、得体の知れない動物霊なども寄って来て神様のふりをするのではないか。

さて、その南洋怪談に出て来た人妻の亡夫は、さぞかし盛大な葬儀をあげてもらえただろうが、はたして成仏できたのか。どこぞの茂みに、コホンとして隠れていないか。』

この話も、いったいどこから着想を得たのだろう。みっちゃんか。キバコの話か。いや、違う。何かが、違う。

次第に陰っていく部屋の中で、力人の文字の羅列から自身の言葉を紡ごうとしていると、ふと生々しくユメの顔が浮かぶ。細部まで、間近で凝視しているかのように。

力人が南洋の娼館で会った、日本女。不美人で気性も激しく金にもがめつく、なのに得もいわれぬ愛嬌《あいきょう》のある、と、力人にしては詳しく記してある。

ただ、具体的な容姿の描写はない。なのに晴之介の頭の中には、ありありとユメが浮かんでくる。背も低いしそんなに肥《ふと》ってもいないのに、平べったい盆のような大きな顔のせいで大柄に見える。

目鼻は、ちまちまと小さい。オカメの面そのままだ。べったり安物の白粉《おしろい》を塗っているが、首筋や胸元は日焼けしている。

いかにも田舎から出て来た垢《あか》ぬけない女なのに、太々しい笑みは驕慢《きょうまん》な美女のものだ。誰にも似ておらず、どこかで会った記憶もない。なのに、これはユメだと確信する。

「いけん、これは、いけんよ」

気がつけば楠子が帰ってきて、膝枕《ひざまくら》をしてくれていた。みっちゃんにも、こんなふうに頭を撫《な》でてもらっていたと重ねてしまう。

「春日野力人が、晴之介さんの中に入り込もうとしとる」

楠子の腿《もも》に頭を乗せたまま、手を伸ばして帳面を取り、めくる。そのとき晴之介は、楠子が正しいことをいっているのを知る。体がふわっと、軽くなる。

恐れともおかしみともつかない、ため息を漏らす。誰かが体から抜ける気配を覚え、その者は去り際にユメ、とつぶやいていた。

「布団の中でな、ふっと晴之介さんではない男の匂いを嗅《か》ぐときがあったんよ」

楠子もときおり男の匂いをさせているが、それは自身の匂いだ。

「乗っ取られたら、どうしたらええんじゃ」

助けてくれるのは、楠子だけか。いや、楠子にも助けられないか。

「うちが、いつでも見張っとる。乗っ取られんようにな」

こういうときの楠子は、男らしいのではない。とことん女らしいのだ。


そこで、目が覚めた。起き上がり、辺りを見回す。楠子が帰って来た、というところから夢だった。小説で一番やってはいけないのは結末を夢で落とすことだが、本当に今目が覚めたのだし、夢を見ていたのだ。

「やれやれ。ちゃんと休憩を取ろう」

路地を回って売りに来る行商人を呼び止めて、夜食の玄米麵麭《パン》を買うことにする。降りて行って、まずは屋台のうどんをすする。

力人は今頃、南洋の木の実でも齧《かじ》っているか。楠子がいるときだけ、一階の料理屋で食べる。一人で贅沢《ぜいたく》をするのは、さすがに気が引けた。

階下の料理店は、山菜を煮たような素朴な総菜も出せば、御馳走《ごちそう》になり得る天ぷら等もうまいと評判だ。本格的かどうかはわからないが、牛肉の入った汁や豚肉を揚げたもの、とりあえず西洋料理といっていいものも出す。

姉の嫁ぎ先も、そんな店を出していた。姉はすべてに恵まれていて、これからも欠けたるものはない人生なのだろうが、姉には姉の苦悩もあるのかもしれない。決して、不出来な弟になど弱味は曝《さら》け出さないとしても。

楠子が作り置きしていた小鉢の、キャベイジ、キャベツと呼ばれる甘藍《かんらん》を出汁《だし》で煮たものと、レタスと呼ばれる萵苣《ちしゃ》を御浸しにしたものを交互に肴《さかな》とし、少し酒も飲む。微《かす》かな酔いが、昨夜の楠子とのやり取りを思い出させる。

「岡山に居《お》った頃、どっちも育てたことあるんよ。農家の手伝い、施設での実習。甘藍と萵苣は見た目はよう似とるけど、いろいろ違うものなんよ。甘藍につく青虫は、蝶々《ちょうちょう》になる。萵苣につく青虫は、蛾になる」

晴之介の実家に茂る庭木にも、毛虫や芋虫はいた。蝶《ちょう》も蛾も舞っていた。きっと力人のいる南国には、見たこともない極彩色の巨大な蝶が舞っていることだろう。

「それは、わしゃ知らんかったな。土から育てたことも、採ったこともないからな」

昼でも薄暗い廊下の隅などにいた、蛇の目蝶。あれが一番、気持ち悪かった。地味な小さい蛾のように見えるが蝶で、羽に黒々とした目玉のような紋様があった。

「うちが東京に出て、いっとき男の楠夫として仕事をしとった頃、いい仲になった女と下駄屋の二階で一緒に暮らしとったんよ。東京の生まれ育ちの娘さんで、土を触ることとは無縁の子じゃった」

その女に嫉妬《しっと》のような感情が湧くのは、我ながら不思議だと晴之介は手酌で杯を重ねていく。裸電球の下、何者とも知れぬ影が混ざる。

「その子があるとき、萵苣を買《こ》うてきてな。共用の台所を借りて、何か料理をしようとしたんよ。そしたら、萵苣から細い小さい青虫が出てきた。

あの子も、即座に殺すか捨てるか迷うたけど、なんでかそのときはこれを二人で育ててきれいな蝶にするだの、いい出した」

紙で作った箱に、餌で寝床となる萵苣の葉を一枚と、一寸にも満たぬ小さな青虫を入れて、針で空気穴を幾つか開けた紙の蓋《ふた》をかぶせた。手振りで、それを再現して見せる。壁に映る手の影が、怪しく舞っていたのも思い出す。

「その子は、男としての楠夫に惚《ほ》れとったけど、先行きがいろいろ不安じゃったんなぁ。ちゃんとした結婚ができるか、子どもができるか、悩んどった。

じゃから、二人で可愛らしい青虫を蛹《さなぎ》に育てて、そこから美しい蝶に成長させてみせようと夢を描いたんじゃろ。まるでそれは、二人の子のように思えると」

その女は、いじらしい。何なら、手を取り合ってみたい。

「よういわんかったなぁ、それは蝶にはならん、蛾にしかならんよ、とは」

可憐《かれん》な蝶が二人の部屋を舞う未来は、美しい子どもも生まれるかもしれぬ、とその女に夢を見させた。だから楠子も、いや、楠夫は悩んだ。

「どこかの甘藍から青虫を取ってきて、箱の中の蛾の幼虫と入れ替えようか真剣に考えたわ。そんときのうちは、その子の亭主の気分じゃったからな」

楠子ならぬ楠夫は、しばらくしたらその虫は驚くほど大きな気味の悪い芋虫に成長して、都会の子たるその子を大いに怖がらせるのではないかとも危惧《きぐ》した。

それを我慢して蛹になるまで待っても、華麗な揚羽蝶《あげはちょう》になって二人の部屋を彩ることもない。いっそう大きな蛾になるだけだ。

「じゃけど、その青虫はあっさり半日ほどで死んでしもうた。萵苣の葉に染みを付けて、変色しとった。その子は落胆したけど、箱ごと庭に埋めた」

育《はぐく》もうと用意した箱は、最初から棺《ひつぎ》だったのだ。生ではなく、揃って死のための準備を整えていた。見知らぬその女の夢が、晴之介はいじらしくなってくる。

可憐な蝶になるはずだった青虫は、たとえ育っても地味な蛾にしかならなかったが、楠子ならぬ楠夫との間に子どもができるかどうかは、晴之介にもわからぬ。

それは、自分と楠子の間にと設定を変えてみてもだ。欲しいか、と問われても考えが止まる。今はただ、今の楠子といたいだけだ。

「その子はそこから、心に変調をきたしてなぁ。うちらの子を殺して庭に埋めただのいい出して、勤め先からも他の住人からも怖がられるようになっていった」

そうしてその女は、不意にいなくなった。何もいわず、何も持たず。

「今も八百屋で甘藍や萵苣を見たら、青虫ではなしに、あの子が葉の陰に虫になって潜んどる気がするわ。そう、顔だけ人間なんよ。どんな蝶に、蛾になるやら」

突然、大きな影が落ちたと思ったら。裸電球に、蛇の目蝶がとまっていた。蛾にしか見えないのに、蝶。目ではないのに、目に見える紋様。

楠子が男の声で、蝶に向かってどこかの女の名前を呼んだ。蝶は確かに羽の目玉の模様から涙を流し、どこかにまた飛んでいった。

「帰ったよ。ああ、ええから寝とってや」

夜中、珍しく酔って危ない足取りで二階に戻ってきた今度こそ本物の楠子が、寝ていた晴之介の隣に倒れ込んだのはなんとなく覚えている。

目が覚めると障子から陽が射し、楠子はもういなかった。蝶も、蛾も、いない。書き物と同じく、楠子との暮らしも夢と現《うつつ》が混ざり始めている。

階下にある共同の台所まで水を飲みに降り、部屋に戻ると文机《ふづくえ》の前に座った。

今日も力人の走り書きや箇条書きの短い素っ気ない文から、晴之介が別の物語を作り出そうとする。本来の自分の中には無いはずの言葉が、渦を巻く。自分では思いつかなかった登場人物や設定が、勝手に動き出す。

実際に提供された素材はあるのだが、そこから沸き上がるのは、操られている感だ。

力人の代筆なので、作中の「私」が春日野力人なのは当然だが、書いているうちに本当に自分が春日野力人になっていく。光金晴之介ではなくなっていく。

＊

『ようやく井志子社長の取り計らいで警察署から釈放された後、私はもう女は懲り懲りだと叫び、次の目的地である緬甸に素早く向かうべきだった。

ところが、なんとしたことか。あの性悪なユメに、もう一度会いたくてたまらなくなったのだ。ユメに会って、きちんと別れを告げたい。迷惑をかけたと謝りたい。誰よりも自分で自分に、そんな言い訳をしてしまう。

女郎屋の主人は、揉《も》め事《ごと》を起こした私がのこのこ戻ってきたので露骨に嫌な顔はしたが、追い払いはしなかった。けれど、肝心のユメはいなかった。

商売をしているのかと、二階を見上げた。巨大な作り物めいた椰子《やし》の葉陰に、陰鬱《いんうつ》な部屋が並んでいるのがわかる。茣蓙《ござ》の上に横たわる粗末な浴衣《ゆかた》の女を、紅蠟燭《ろうそく》の炎は血の色に染める。

南国には障子も雨戸もなく、ぽっかりと窓は穴倉のように暗く開いている。それがユメの仕事とはわかっていても、遣《や》る瀬無い。

とりあえず主人は、一階の待合室に招き入れてくれた。石の床に、籐《とう》の椅子。鉄力《ブリキ》の茶器だけに、鮮やかな色彩がある。日本では見ない虫が這《は》い、蝶が飛んでいる。私が警察に連れていかれてから、ユメも姿を消したという。私から隠しているのではなく、それは本当のことだった。

苦界に耐えかねて、いわゆる足抜け、前借を踏み倒して逃げる女はときどきいるが、水に落ちれば鰐《わに》に食われるし、密林に逃げ込んでも虎や豹《ひょう》に食われるしで、無事に逃げ延びた女などいないという。

ごくごくまれに、現地の男に助けられる女もいるが、それはそれでこの南洋でその男の女房として、一生を終えるしかないのだった。苦界からは抜けられても、二度と日本の故郷の土は踏めない。

それでも逃げたいと願う女達は、絶えないわけだ。それはわかる。よくわかる。過酷な女郎の暮らしは垣間見《かいま》えていたが、自分が何かしてやれることはといえば、金を払ってわずかでも借金を減らしてやることくらいだ。丸ごと、身請けしてやれる金も力もない。正直こちらの命を懸けてまで、助けることはできない。

そんな彼女らにも日々の楽しみはそれなりにあるようで、盛んに買い食いしては女同士で飽きずにおしゃべりをし、賭博《とばく》もやっている。

なんといっても、好きな男を作る。これが最大の娯楽で逃避で、生きる糧となった。

大概が悪い男に騙《だま》され、さらに搾取され、となる。それでもつらい現実をひととき でも忘れられ、未来を夢見ることができる麻薬のようなものだ。

ユメは器量は良くないが、妙に金を持った客に取り入るのが上手《うま》く、土地の有力者の中国人も馴染《なじ》み客となっていた。気の弱い朋輩《ほうばい》を飴《あめ》と鞭《むち》で手なずけるのも巧みで、なんとなく牢名主《ろうなぬし》と呼んでもいいような風格を備えていた。

どこかひどく冷めてもいて、ユメは男に心底から惚れることはなかった。だから、金も貯められた。いや、ユメは何よりも金と、人心を操り支配するのが好きだった。そういうところに、むしろ私は惹《ひ》かれたのだ。ユメの強さ、したたかさに。

ともあれユメは、借金を返せる日もそう遠くなかったらしい。妓楼《ぎろう》の主人達からも、他の女達に比べれば気を遣われる女にはなっていた。もっと励めば、故郷に立派な家が建っただろう。だからますます、失踪《しっそう》は謎だった。

男は利用できるかできないか、金があるかないか、その分け方しかない。ましてや、金のない男に惚れるなど、南洋の密林に雪が降るほどあり得なかった。

そんなユメが、例の騒動から間もなく姿を消したのだ。まさに着の身着のまま、よく着ていた、元は深紅だが色褪《いろあ》せて桃色になった長襦袢《ながじゅばん》一枚と、擦り切れた草履で。

私を追ったのではないか。そんな憶測もなされ、まことしやかに二人がどこそこで一緒にいるのを見た、という人達まで現れたそうだ。

いや、私はまったくユメのその後など知らぬ、だからこうして訪ねてきたのだと気色ばめば、主人は苦笑しつつうなずいた。

そして主人は、以下のような奇怪な話をしてくれた。話を聞いている間中、私は南洋の熱病に罹《かか》ったかのように頭に霞《かすみ》がかかっていた。

――ユメがいなくなった何日か後、新嘉坡にいる旧知の女衒《ぜげん》が、この女はお宅のユメさんではないかと一人の女を連れてきた。

摩訶不思議《まかふしぎ》なことに、ユメであってユメでない、ユメではないがユメである女だった。

ユメも元から厚化粧であったが、その女は仮面のようにべったりと真っ白な白粉《おしろい》を塗り込んでいた。顔に怪我をしているので、それを隠すためでもあるという。

女郎が逃げれば、無駄とわかっていても一応は手配書のようなものを回す。名前と年齢と容姿の特徴とが書かれている。ユメのそれも、各所に回してあった。

さて新嘉坡の旧知の女衒によると、顔を大きく腫《は》らせ、ぼろぼろの裸同然の格好の女が店に転がり込んできたという。

何かよほど恐ろしい目に遭ったか、錯乱している上にほとんどしゃべれなくなっていて、最初は日本人だとも思えなかったそうだ。

ようやく途切れ途切れに片言がしゃべれるようになり、南洋の妓楼にいるユメだと名乗れた。そこなら知っていると、所用のついでに伴ってきたという。手配書と突き合わせてみても、同一人物かと思えた。

主人は礼をいいつつも、戸惑った。この女、ぱっと見た感じはユメなのだが、何かが違う。どこかがおかしい。

白粉を取り去ったら、まったく見知らぬ顔が現れるのではないか。あるいは、のっぺらぼう。もしかしたら、人ではない顔。

虎も犬も猫も、同種だとぱっと見どれも同じに見えるが、並べて比べてみればそれぞれ毛の生え方も顔つきも違うように。このユメだという女も、ユメの姉妹だとか従姉妹《いとこ》だとかいわれれば、なるほどとうなずけた。

馴染みの客達も、朋輩達も、たぶんユメだと思う、と曖昧《あいまい》ないい方をした。違和感はあっても、これはユメではない、といっても得はしない。

ユメを売った故郷の親も、ユメを買い取った妓楼も、ユメが健在で稼いでくれなければ困るので、はっきりいって他人がなりすましていてもかまわないのだ。中身が別人であれ、ユメとして稼いでくれればいいのだった。

そんな帰って来たユメは、熱病にも罹って頭がぼんやりしているといい、春日野力人の事件については覚えているようないないような、と適当な誤魔化ししかいわず、忘れているようだった。

ユメは元より嘘つきでもあったが、それに関してはわざととぼけているようにも見えなかった。それに喧嘩《けんか》や揉め事の多い女だったので、いちいちそれらを覚えていられない、というのはあり得るし、仕方ないといえた。

なんといっても生業《なりわい》が女郎なので、金払いが特別にいい客、馴染み客以外は覚える気もないのだ。ユメは、損得に拘《かか》わらず男に惚《ほ》れることはない。

とりあえず戻って来たユメは元通りに客を取っていたが、時おり来ていた馬来の護《ゴ》謨《ム》園の人足頭が、ある日かなり取り乱した様子でやってきた。喚《わめ》き散らす言葉は、

「すまなかった、許してくれ、自分が悪かった」

その繰り返しであったという。それを二階から、仮面のような化粧をしたユメは冷ややかに見下ろしていた。本当に、仮面が肉に貼り付いているようだった。

結局、彼はユメには会わず帰っていき、それから行方をくらました。

その夜、妓楼の裏手の山から無残な女の遺体が見つかった。かなり腐敗が進んで半ば白骨化し、獣に喰《く》われたか内臓がごっそりなくなっていたが、残った長い髪の毛から女であろうとは推察できた。

その残骸《ざんがい》となり果てた女は、見覚えある桃色の長襦袢をまとっていた。ユメがよく着ていたものだ。では、これはユメなのか。

白骨化、腐り果てている以前に、これはユメとはいい切れない重大なことがあった。その遺体は、首がなかったのだ。

代わりに、獣の頭蓋骨《ずがいこつ》が置いてあった。形状から、山犬ではといわれた。まるでその遺体は、犬の頭に人間の体をした妖怪《ようかい》のようであった。

これは、ユメなのか。いや、ユメは妓楼にいた。ただし、その生きているユメは誰もが戸惑う違和感を漂わせている。生きているユメは偽者で、無残な遺体となり果てたものこそが本物のユメではないか。

多くの人にそう思わせたが、一応は地元の巡査が来て通り一遍の調書など取った後、遺体は近くの無縁仏の共同墓地に葬られた。

馬来の人足頭が怪しいともいわれたが、彼は行方がわからなくなっている。

山犬の頭は何かのまじないか、非情なる悪ふざけか、もっと違う意味があるのかはわからなかったが、人間の遺体と一緒には葬れず、その辺りに埋めた。

ユメは、顔の腫れが引いてもますます濃く化粧をし、自分はユメだと通していた。あんな黒子《ほくろ》はなかったとか、故郷の訛《なま》りが消えているとか、朋輩の女達は陰口を叩《たた》いたが、本人に面と向かってはいえなかった。いろいろと、怖いからだ。

あるとき一番の太い客だった中国人が来て、水揚げするといって大金を置いてユメを連れ出してしまった。今度こそ、まったく消息が分からなくなった。——

「ユメは本当に生まれ変わって、いい暮らしをしているのでしょうな」

主人は、何か奥歯に物が挟まったようないい方をした。

ここまで話を聞き、私は無残な遺体になっていた女こそがユメではないかと推理してみた。

山犬の頭の意味も分からず、馬来の男に殺されたのかどうかもわからないが、とにかくユメはもう土の中で、完全に白骨化していると信じた。

では、中国人が連れ出した奇妙なユメのような女は、何者だ。あまり深追いしない方がいいのか。もっと危ないことから逃げていた女が、ユメになりすましたか。山犬の頭は、その辺りに関わる呪物かもしれない。

山犬の鳴き声が、ユメの声に似ている。そんな怪談じみた噂にもなったが、生きた女も死んだ女も、ともに消えたのだ。

何にしても私はユメを忘れ、緬甸に向かうことにした。』

＊

ふと手洗いに立ったとき、薄暗い天井の隅にユメの失われた生首が浮かんでいたらどうしようなどと、子どもじみた恐怖に心臓が縮まった。蛇の目蝶《ちょう》がいて目が合い、動悸《どうき》に息苦しくなった。

そもそも、自分が創作した話なのに。いや、元になっている話をしたのは力人ではなく、みっちゃんかもしれぬ。背後には、キバコがいそうだ。

そうだ、これはみっちゃんが教えてくれた話ではなかったか。

いや、乳母でもあったみっちゃんが、主人の子の寝物語に娼館や女郎などを出すだろうか。いやいや、誤魔化したり隠したりしては話が成り立たないから、出さざるを得なかったか。いやいやいやいや、やっぱりすべては自分の創作か。

さて楠子は昼間の仕事と夜の仕事を掛け持ちし、晴之介は筆が乗ってくると寝食を忘れて書き続けていたので、今が何日で何曜日で何時なのかよくわからなくなってきていた。季節も忘れかけていて、最後の食事も思い出せない。

それは元からといわれればその通りで、ずっと怠惰な学生だったし、きちんと働いたこともないので、日の出と日の入りをよく間違えてもいた。好きなことには倒れるまで必死になるが、心が動かぬことにはまったく手を出さない。

今は昼か、夜か。さすがに執筆に疲れて布団に潜り込んでうとうとしていると、いつの間にか楠子が帰ってきて隣に寝ていた。これは夢ではない。障子の隙間から漏れてくるのは月光で、それ以外の光はなかった。

柔らかい女の体が密着していると、何も見えないことがただ安らぎに変わる。

「なるほどなぁ。どっちが本物のユメかという話じゃな」

隣の楠子の囁《ささや》きから、晴之介は自分がうつらうつらしながらユメについての創作の話をしていたのだと知る。自分の中に力人が入り込むと、ユメが恋しくなる。

「うちもな、ちょっとでも晴之介さんの手助けになるかと、仕事場で会うお客さんの中に外国へ行ったことのある人がおったら、話をいろいろ聞くようにしとるんよ」

慣れ親しみ、好ましく、それでいてごくわずかに飽きを感じさせる楠子の体臭と感触が、恐怖感をときめきにも変えていく。

「日本にはご存じ、ろくろ首が居る。いや、ほんまに居るかどうかわからんけど、居ることになっとるよな。首が離れて飛ぶのと、首が伸びるだけのが居るらしいが、質《たち》が悪いのは前者らしいで」

子どもの頃、極彩色の紙芝居で見せられた。みっちゃんに、寝床で聞かされた。ぼんやりと、それらが脳裏に浮かび、駆け回っていく。

どれも怖いけれどおかしみがあり、冷えた恐怖、熱い戦慄《せんりつ》にはならない。みっちゃんよ、続きは後にして、便所についてきてくれんか。

「中国には、女の首だけが離れて飛び回る飛頭蛮というのが居《お》ってな。日本にも、伝わってきとる。首が伸びる方のろくろ首は、日本だけのもんじゃが、中国からの伝承が次第に変わっていったものなんじゃろ」

どこかの縁日の見世物小屋で、見なかったか。いかにも作り物の、女の伸びた首。

「台湾と東南亜細亜《アジア》のそれは、なんでか『頭だけ飛ぶ』『首が伸びる』のではなしに、頭がごそっと抜けて、内臓をぶら下げたまま飛ぶらしい」

鮮やかに、ユメの顔が浮かんだ。桃色の内臓をぶら下げ、馬来の密林の中を泳ぐように飛んでいく。そうだ、ユメかもしれない遺体には、首がなかった。内臓も消えていた。いや、すべては自分の創作なのだが。

「呪いをかけられたり、悪い魔術をかけられたりした女が、それになるらしい」

「ユメはいかにも、どちらもやられそうな女じゃしな」

「内臓をぶら下げた生首は、闇の中を飛んでいって、人や動物を襲う。生き血をすすったり、身籠《みごも》った女の腹の子を食うたり」

「日本の、首が飛ぶ方も、そういう悪さをするんじゃったな。みっちゃんに聞いた」

日本の首が伸びるだけのろくろ首など、可愛いものではないか。天井を舐《な》めたり行燈《あんどん》の油を舐めたりで、人を驚かすだけなのだから。

「確か首が飛ぶ方は、首が飛んでいったときに体を隠したら、戻れんようになって死ぬんじゃなかったか」

「そうそう。東南亜細亜の内臓をぶら下げて飛ぶ奴も、それで死ぬ」

晴之介の中では、また夢とうつつと創作が混沌《こんとん》としていく。みっちゃんと楠子も混ざっていき、自分も幼い頃に戻っていきそうだ。

ここはやっぱり、岡山の実家ではないのか。天井を、蛇の目蝶が飛ぶのが見える。キバコが隠れていないか、その隅に。

「本物のユメの頭はまだ内臓をぶら下げて、馬来の密林でなしに、うちの天井裏に隠れとるかもしれんよ」

途中から、楠子の声が変わったような。知らない女の声になったような。そして傍らの体も、なんだか違う。楠子は引き締まった感触だが、今隣にいるのはだらしなく柔らかい。体臭も、違う。楠子より、汗臭い。楠子にはない、垢《あか》の臭いもする。

慌てて、楠子の顔を探ろうとする。無い。届かない。首がない。手が届かない。

今、布団から出れば天井、もしくは鼻先に、内臓をぶら下げた女の生首があると確信した。その首は楠子か、ユメか。

どちらかなら怖くない、ということはない。好きな人でも怖いし、怖い人でも好きだ。

縮こまっているのか藻掻《もが》いているのかわからなくなるうちに、自分はもしや今、実家の座敷にいるのではないかと、畳に沈み込みそうになる。

自分はまだ尋常小学校にも入らない幼い年頃で、美しい姉やみっちゃんに抱かれて寝ている。みっちゃんが囁くように、怖い話をしてくれている。幼い自分は怯《おび》えながらも甘美な感覚に囚《とら》われ、もっともっと怖い話をねだっている。

「ありゃ、坊ちゃん、便所に行きたいんですか」

そうだ、自分はまだ子どもなのだ。大人になった夢を見ていたのだ。この布団をめくればみっちゃんがいて、さらに飛び出せば廊下の向こうには父母の寝室がある。

「みっちゃん、キバコの話。いや、やめてくれ、あれだけは、話をせんでくれ」

「しませんよ、キバコの話は絶対、せんよ。なんでて、坊ちゃんはキバコの話をちゃんと知っとるもんなぁ」

中庭を突っ切れば土蔵があり、大事な物を入れた木箱などがある。あの中には春日野力人のその後の旅行記や、楠子のことまで書いてある帳面が見つかるかもしれない。自分が死ぬ日の情景や、光金家の恐ろしい秘密なども。

「坊ちゃんよ」

また、女に呼びかけられた。楠子ではない。楠子は、こんな呼び方はしない。

「本物のユメは、無残な死体になっとった方じゃで。戻ってきたのは、体つきが似とった別の女じゃ。馬来の男が懸想して、ユメを襲うて殺したんよ」

犬の鳴き声がする。野良犬や近所の飼い犬ではない。きっと、南洋の骨だけの山犬。

「じゃけど、ユメは中国の有力者の旦那《だんな》の気に入りじゃったから、復讐《ふくしゅう》を恐れて馬来の男は必死にユメの身代わりを探したんじゃ」

醜いといっていいのに、白塗りの女が南洋の密林を背景に笑っている姿は、まるで絵のように美しい。背後に夥《おびただ》しい数の蝶と蛾が混ざり、蛇の目蝶も群れている。

「馬来の男は、自分に惚《ほ》れてくれた日本の別の女を替え玉に仕立てたんよ」

白骨化した山犬が、馬来の密林ではなく下の路地で吠《ほ》えている。

「その女も途中で気が変わってな、金持ちの中国人にくっついて素知らぬ顔でユメになりすました。そう、逃げるためもあって男を乗り換えてしもうたんじゃ」

鉈《なた》のきらめきが見えた。振り下ろした先に蛇がいて、蛇の頭だけ飛んだ。ユメの首は半ば千切れたまま胴体とつながっていて、首が内臓をぶら下げたまま抜けた。馬来の男は胴体に戻れないよう、犬の首を置いた。

「中国の馴染《なじ》みの旦那が、身代わりの女をユメとしたのは、ほんまに惚れとったからじゃ。ユメと信じたかったんよ。ユメが死んだと思いとうなかったんよ」

「みっちゃん。それ、わしの書いた話と違う。どっちがほんまなんじゃ」

晴之介は、固まったまま小さく叫んでいた。

「物語は、物語。小説に、ほんまも嘘もあるかいな。小説は小説じゃろ」

「全部、夢じゃ。すべては、わしの作り話じゃで」

「いいや、坊ちゃん。みっちゃんはほれ、ここにおりますよ」

みっちゃんの声がした後、晴之介は記憶が飛んでいる。気がつけば朝というより昼に近い光の中、布団に仰向けになり、楠子は鏡台の前に座って化粧をしていた。

鏡越しに、にやりと赤い唇で笑った。確かに楠子で、みっちゃんではない。ユメの生首もなく、平穏な見慣れた部屋だ。

「あんまり、根を詰めんようにな。書き物に夢中になっとるから、悪い夢にうなされたりするんよ。いや、生霊に取り憑《つ》かれそうになっとる」

「生霊とは……誰じゃ」

なんとか、起き上がる。全身が、だるい。

「そりゃ、春日野力人さんじゃろ」

楠子は、化粧が薄い。元の肌がきめ細かで滑らかなのを本人もよく知っていて、白粉《おしろい》で隠すような厚塗りはしない。楠子が首だけ抜け出しても、怖がるのを忘れて見《み》惚《と》れる人もいるのではないか。

そういえば夢うつつの中に、春日野力人の姿は出てこなかった。もしかしたら、自分が春日野力人になっていたのかもしれない。

「たまには、原稿用紙に向かわん、ペンを持たん日があってもええかもよ」

遅ればせながら評判となっている泉鏡花《いずみきょうか》の、幻想的で怪奇な『高野聖』を読んだばかりで、それもあったかもしれない。

　到底これは自分には書けない、というのと、これは書けるかも、こういうのを書きたいと思わせつつ、やはり書けない小説は、別々の苦しさを残す。

　気晴らしに近所を散歩して書店を回ったり、銭湯に行ったりして過ごしたが、やはり家に戻ってくると力人の帳面を広げ、読んでしまうのだった。

　興味を引かれるところ、自分好みの物語を孕《はら》んでいそうな箇所をつい先に拾い読みしてしまっていたが、最初から読んでいると、意味のよくわからない箇所も所々ある。

　本人も、自分は文才がないと繰り返していた。力人の行動力はいうまでもないが、頭の回転も咄嗟《とっさ》の判断力もありそうだ。それらの速度に、ペンを持つ手が追い付かないのだと晴之介は感じた。たとえば、こんなのだ。

「毒の汁。苦い草。川の魚。女の腿《もも》」

　色々調べて想像も付け加え、きっとこれは南洋の現地の人が毒草の汁を川に流して魚を獲《と》るのだと解釈する。女の死体は、ない。と思いたい。

　たぶん、腹を上にして浮いた魚が、女の腿に見えたのだ。いや、死んだ女の腿が魚に見えた、ということか。その死んだ女とは誰だ。知っている女か。

　そういえば人はどんなに若作りしても年齢は首筋や手の甲に出るが、腿は最も出にくい所らしい。ユメも、腿だけは若々しく張っていたか。

「似ているが別人。それとも似ていないが同一人物か」

これも意味深なような、さほど重大でないふとした日常の断片のような。きっと力人は南洋の現地の人達の中に、故郷の誰かに似た人を見つけたのだ。

会いたかった人か嫌な奴かはわからないが、力人と何かあった人が流れ流れて南洋で身分を隠し、今までの暮らしも捨て、ひっそり異国の別人として生きていたらおもしろい。あくまでも、無関係な他人には。

恐ろしいのは、後者の方ではないか。見た目はまるで違うのに、こいつは実はあいつではないかと、嫌な因縁のある人物に再会してしまう。

体を乗っ取られたというのか、心を取り換えられたというのか。力人も、こちらに恐怖を感じる何かがあったのかもしれない。

悪夢を分け合って決別したはずのあいつが、素知らぬ顔でそこにいる。力人の過去は不明瞭《ふめいりょう》だが、きっと隠したいあれこれもあるだろう。

「坊ちゃんよ。キバコの話を、また聞きたいんかな。よう飽きんもんじゃなぁ。同じ話を何度も何度も。話すうちの方が、飽きてしまうで」

「みっちゃん、わし、物語を書く人になりたいんじゃ。そしたら、キバコの新しい話を作るで。違う話、新しい話、ようけ作る」

「それをまた、うちに語らせるんじゃゃな。坊ちゃんの作ったキバコの話を、うちがまた坊ちゃんに話して聞かせるんか。じゃけどそれは、キバコの話ではなくなるで」

「なんでじゃ、キバコが出てきたら、キバコの話じゃろ」

「いんにゃ。キバコの話は、もう増えんのよ」

思い出の中の、みっちゃんとの会話をこれまた脳裏に再現してみるのだが。語るみっちゃんが、次第に色を失い、行燈《あんどん》に映る影のようにただ黒くなっていく。

「それより坊ちゃん、瀬戸内海の島に揺れる鬼火の話をしましょうかな」

「それも聞きたいんじゃけど。その前にキバコじゃ、キバコ」

「その前に坊ちゃん、どうしたら女に好かれるかの話をしてあげましょうか」

「要らんわ。わし、女に好かれようとせんでも、好かれるけん」

「それそれ。ほんまに、女に好かれる男は、みなそういう」

本当にみっちゃんとの間でこのような会話がされていたのか、これもまた自分が作り出したものなのか、ぼやけてくる。

「みっちゃんは、どこから来たんじゃ」

「瀬戸内海の島じゃ。海で死んだ者の幽霊は、海の色をしとるんよ」

「みっちゃんは、どこへ行ったんじゃ」

「瀬戸内海の島では、ないな。海の色をしておらん。うちは、今は真っ白じゃ。居る所は、真っ暗じゃ。キバコ、キバコが、そこに」

最初、楠子を見たときみっちゃんだと感じたのは、一目惚《ひとめぼ》れをしたからだ。勿論《もちろん》、まったくの別人だったし、楠子は楠子として好きなのだが、みっちゃんを楠子の中に見ようとするのをあきらめきれない。

楠子は、キバコの話とは関係ない。キバコは、みっちゃんだけのものだ。そして自分の。

それにしても、もしかしたら今後も、どこかで思いがけない人に会ったとき、中にみっちゃんがいる、などと感じないだろうか。

たとえばそれが、どうにも苦手な見た目の粗暴な男だったり、獄中にいて二度と娑《しゃ》婆《ば》に出て来られない、完全に心を蝕《むしば》まれた老女だったりしたら。

はたして自分は、その人に向かって優しくみっちゃん、と呼びかけられるか。怖いお伽噺《とぎばなし》を、甘えた声でおねだりできるか。一緒に、寝床に入れるか。

いや、逆にその何者かに坊ちゃん、と濁声《だみごえ》や嗄《しゃが》れ声で呼びかけられ、嫌な嫌な話を聞かされたらどうすればいい。

「キバコの新しい話を、してあげましょうか」

そう語りかけて来る者がいたら、それはみっちゃんのふりをした別物だ。

「正体を現せ、貴様。キバコの新しい話は、ないんじゃ。みっちゃんが、おらんから」

そういえば何年か前、米国の運動の倶楽部《クラブ》で、観客が選手を覚えやすいようにと背中に番号を付けたのが評判になった。なるほどそれは、わかりやすくていいなと思った。

物の怪《け》にも番号のような目印をつけ、害のある無し、恨みや悪意のある無し、明確にしておいてほしいと切に願う。

嘆息しながら仰向けになったとき、ふと箪笥《たんす》の陰にあった楠子の腰紐《こしひも》が目に入った。擦り切れた所を繕ってある。晴之介は、起き上がった。

今は楠子に生活を頼りっきりだが、なんとか書いたものを金にしたい。今、当てがあるのは春日野力人の代筆原稿だけだ。

何が何でも、これに関する原稿だけは仕上げてしまわねば。次の帳面が届く前に。不意に、力人が帰ってくるまでに。

何か予期せぬ恐ろしいことが、現実に起きる前に。

そういえば二年前は、七十六年ぶりにハレー彗星《すいせい》が接近すると、本気で地球の滅亡のように怯《おび》えて騒いだ人達もいた。

さすが東京では、落ち着いている人の方が多かった。騒ぐ人が、笑われていた。晴之介は騒がない一味に紛れて、なのに真剣に手を合わせて神仏を拝んでいた。みっちゃん助けてくれと、声を震わせもした。

故郷の村では、最接近日は皆が仏壇や神棚の前で拝んでいたというが、親はそんなことはせず、娘の嫁ぎ先である西洋料理の店で晩餐《ばんさん》を楽しみつつ、彗星の尾を眺めていた。高価な葡萄《ぶどう》酒も開け、酔って割った硝子《ガラス》は星の煌《きら》めきを見せたという。恐ろしく綺麗《きれい》だった、ぜひ次の彗星も見たいと手紙にあったが、七十六年後だ。その頃、日本はあるのか。世界は、残っているのか。

晴之介は、このようなものや考えは、さほど怖くはなかった。

呪いの星が、大きすぎる。あれほどの規模なら、爆発しても一瞬で楽になれるだろう。それに、なんといっても星だ。特定の人を憎しみで狙い撃ちはしない。

だらだらと、小さく呪われる方が嫌だといえば、背後にいた見えない女に小さく笑われた。みっちゃんの声に、似ていた。似ていただけ、そう思いたい。

第三章　南洋神隠譚

勘当されているのだから仕方ないが、岡山に帰省もできないまま旧正月も過ぎ去った。

「梅は咲いたか」

楠子が、素人の節回しとは違う小唄《こうた》を口ずさんでいる。

桜はまだかいな、そう続けようとして、何故か黙る。夢うつつに寝床の中で、晴之介はみっちゃんの声も聞く。春を告げる鳥の声と、混ざりあう。

「梅も桜も、ええけどな。うちは、藤の花が咲く頃が憂鬱《ゆううつ》じゃ。百足《むかで》が這《は》い出て来る季節になったなぁと、少し憂鬱になる」

まだまだ凍える朝晩だが、気怠《けだる》い春の気配も感じる頃。路地に面した障子から射し込む陽も、酷薄に明るい。

ここに来たときも、こんな季節だったと晴之介は思い出す。日露戦争に従軍する兵士に慰みではなくお守りとして持たせた、粗末な春画。草臥《くたび》れた畳の下からそれを刷った紙など何枚も出てきて、ちょっと嬉《うれ》しくなったのも思い出す。

前の住人が隠したのだろうが、その人が持って従軍したのか、その人を想った誰かが渡しそびれたのか、由来はわからないが、何故か江戸時代にも、戦場に春画を持って行けば負けないといういい伝えがあったようだ。

よく覚えているのは、立派な髭《ひげ》の軍人と、長い白衣の看護婦との絡みであったが、写真機が普及して裸体の写真が秘密裏に撮られるようになっても、絵は廃れない。

写真機の前で、軍人と看護婦が裸になるのはさすがに危険だ。当局に摘発されて、本物ではない、軍人に扮《ふん》しただけの男だ、看護婦のふりをしただけの女だ、と申し開きをしても、写真というものは絵と違い、格段にこれは本物と見せつける。

「絵空事の方が美しく煽情的《せんじょう》であるのは、仕方なかろうな」

楠子は、張りぼての鶴に乗った写真から絵葉書が作られたというが、それは楠子の手元にもない。幼き日の自分がそれを見たら、きっと何もかも本物と信じるだろう。鶴に乗った美しい天女が、飛んでいると。

それにしてもあの春画は、どこに失《う》せてしまったのだろう。部屋に出入りしていた朋輩《ほうばい》に持ち去られたのか、いつの間にかなくなっていた。

青い陶製の火鉢に置いた鉄瓶が、湯気をあげている。その向こうに、何かが見えそうで見えない。薄闇の優しさに抱かれていると、不安が心地よいものに変わっていく。

東京でも電灯会社の者が、電灯を引いてくれと商店街を回っているが、晴之介は瓦《ガ》斯洋灯《スランプ》が好きだ。みっちゃんとの寝床を、思い出す。

夜も明るくなり、気候も暖かくなってくると、外出を億劫《おっくう》がった婦人達も表に出たがるようになる。楠子は施設にいた頃に習った髪結いの腕もよく、これも副業でなかなかの稼ぎとなっていた。

「髪を触らせると、心も許すようになるんよ。客達の話を聞いてあげるんも、商売の内じゃ。そのうち髪も、しゃべりだす。疲れたとか、悩みがあるとかな」

ホルマリンの入った瓶を下げ、下駄を鳴らして埃《ほこり》っぽい道を行く楠子の足取りは、二階から見下ろしても軽やかだったが、

「ほんまに、わしゃ文字通り髪結いの亭主じゃのう」

森鷗外《もりおうがい》が中心となった文芸誌『スバル』の最新号を斜め読みしながら、倦《う》んだような気持ちを持て余しもする。風邪気味だ。やや乱暴に、雑誌を枕元に伏せる。

いつかここに、錚々《そうそう》たる人気作家と並んで自分も載ったりできるのか。それは自分が力人に代わって世界探検をするくらい、困難なことか。

大日本麦酒の清涼飲料水シトロンを熱さましの代わりに飲み、これも楠子がいるから飲めるのだと、炭酸入りのため息をつく。

夏になったら虫を捕まえて、良い声で鳴きますよと売り歩こうかとも考える。鳴かない甲虫《かぶとむし》も、良い値になる。鳴かないはずの虫が、虫籠《かご》の中で人の声で泣くといった怪談を、みっちゃんは語ってくれなかったか。

やがて陽射しの強くなる季節に入り、南国から旅行記の綴《つづ》られた帳面ではなく、手紙だけの不穏な封筒が届いた。

宛名《あてな》からして字が乱れ、本人もずっと気にしているが文章もいつにも増してぎこちなく、それでいて分量が多い。なのに旅の記録ではなく、あくまでも手紙なのだ。

晴之介は、裸で手探りで密林に分け入っていく気にもさせられた。

「なんじゃこりゃあ」

一読し、頭を抱えた。理解できるような、できないような。晴之介が放り投げるように文机《ふづくえ》に置いた手紙を楠子も読み、しばらく沈黙の後、真顔でつぶやいた。

「まさか、南洋の熱病に罹《かか》ったとかじゃないんかな」

かなり急いでいる様子、慌てている雰囲気、何か切羽詰まった空気が漂う筆跡の手紙の一枚目は、要約すればこのようなものだ。

——無事に緬甸に着いて安堵《あんど》したのも束の間、次々に奇怪な事件に巻き込まれ、無実の罪で投獄までされてしまった。

以前のように警察署に留置されたのではなく、正真正銘の監獄に叩《たた》きこまれたのだ。日本でも監獄までは入ったことがないのに、初めてのそれが南洋の異国だとは、さすがに世界探検家を名乗る自分もこたえた。

少しの間だが、何もかも打ち捨てて帰国したいと本気で願った。このときの辛《つら》さは、他に比べようがないほどだった。

日本のそれは知らないが、決して居心地のいいところでないことは想像できる。それでも、最低限の人としての扱いはしてもらえるのではないか。

南洋のそこは、正真正銘の生き地獄であった。毎日殴られた、ひどい拷問を受けた、飢えさせられた、それはない。だが、それを上回るかもしれない灼熱《しゃくねつ》の気温と、雨水を濾《こ》しただけの悪い水に苦しめられた。

何よりも自由を欲し愛する身としては、それを奪われたら羽のない鳥、牙《きば》のない獣だ。

だが、この獄中のあれこれはもう少ししてから改めてまとめて書く。ある意味、興味深いと読まれる冒険譚《たん》にもなりそうだ。

語り手の苦労は、聞き手の娯楽にもなるのは承知している。それは小説家である光金先生も、お分かりだろう。

同房になった、異郷の味わい深い面々についても書き残しておきたい。

だが今は、もっと先に書きたいこと、知らせたいこと、お尋ねしたいことがある。

頑丈《くじ》さだけが取り柄の私もさすがに心身ともに参ってしまい、すぐ帰国しようかと再び挫けそうにもなった。悪い水を飲んだせいで、すっかり痩《や》せてもしまった。

井志子社長からうちで休養しなさいと有難い言付けもあったが、あまり迷惑ばかりかけられないので、とりあえず印度に渡ると言付けを辞した。

私の稚拙な文章では混乱させてしまうばかりの話を、光金先生に直接お会いして伝えられないのが、もどかしい。誠に申し訳ないことだが、私が巻き込まれた奇怪な事件についての光金先生の御見解、御推察を早急にいただけないか。

才能ある小説家の先生なら、私などには思いつかないことをいってくださると信じる。とにもかくにも、私には何が何だか一切合切が五里霧中であるので。

宛先《あてさき》は、井志子社長でお願いする。一日千秋の思いで、返事を待っている。——

そんな手紙の二枚目以降の、力人が「巻き込まれてしまった奇怪な事件」とは、要約すれば以下のようになる。

*

——緬甸では、最初から困難に見舞われた。

といっても強盗や病気、怪我といったものではない。緬甸を統治する英吉利《イギリス》の警官どもが、旅行者の保護と称し、要はずっと行動を監視してきたのだ。

常に警官に付きまとわれ、見張られる。何よりも自由を愛し、無謀な冒険すらも快楽となる私にとっては、それが鬱陶《うっとう》しくてならなかった。

思い切って頭を剃《そ》りあげ、現地の人から袈裟《けさ》を買い取り、僧侶《そうりょ》に化けた。そのなりで、あちこちの寺を泊まり歩いた。日本からの修行僧、遍歴僧のふりをしていれば、好意的に受け入れられた。

そのなりでいれば、英吉利の警官も付きまとってはこない。見逃してくれるのではなく、本物の緬甸人と見分けがつかなかったのもあるだろう。

大変に敬虔《けいけん》な仏教徒の多い国として知られた緬甸では、充分に托鉢《たくはつ》、喜捨で食べられた。南国なので、外で寝ていても凍え死にはしない。

私の英語は中学校どまりだが、なんとかなるものだ。地元の人達とも、同じくらいの片言の英語、身振り手振りでけっこう通じていた。

それどころか素朴な現地の人達に、日本の高僧だとも勘違いされた。お経をあげてほしいと頼まれるようになり、そこそこの報酬を得られた。

うろ覚えの経文だけでなく、適当に流行歌や浪花節《なにわぶし》などを経文のように節をつけて唱えたりしていたが、素直にありがたがられた。やや胸は痛んだものの、心がこもっていればいいのだと、自分を納得させていた。

そんなある日、居心地が良くてすっかり長居してしまった村の、貴族の係累でもある名家の若夫人がいなくなってしまう。

私も見かけたことはあるどころか、何度も食べ物をもらったこともあり、間違っても淫《みだ》らな気持ちなど持てない、天女のような嫋《たお》やかで気品ある美女だった。

それがまさに神隠しとしかいいようのない消え方で、様々な流言飛語、怪しげな噂話が村中を、いや、近隣の村々をも巻き込んで飛び交った。

もちろん、警察もすぐに動いた。結果、私も容疑者の一人として拘束されるはめになったが、そのときはすぐに容疑は晴れた。

さて若夫人はその日、姑《しゅうとめ》や夫の祖父母、夫の弟妹や使用人など、かなりの大人数とともに近隣の寺社に参って仏像を拝み、供え物をし、僧侶達に喜捨をしていた。それは特別な行事ではなく、敬虔な人々は日課として行っていることだ。

そうして帰宅しようとしたとき、若夫人は実の姉妹のように仲が良かったという、夫の末妹に耳打ちをする。家まで我慢できない、ちょっと叢《くさむら》で用を足してくる、と。

周りも察して、若夫人の去った方に背を向け立ち止まっていた。

だが、用を足すにしては長すぎる時間が流れた。もしや蛇にでも嚙《か》まれたか、転んで足でも挫いたかと、まずは女達が若夫人が隠れた辺りに行ってみた。が、いない。

そういえば最近、近隣の村に凶暴な虎が現れ、何人かを食い殺した、といった噂が流れていた。もしや、と皆は青ざめた。

騒ぎは次第に大きくなり、村人総出でかなりの広範囲を捜し、警察も行方不明者が要人の一人なので大々的に捜索したが、痕跡《こんせき》すら見つからない。

やはり虎に食われたか、さらわれたか。いや、だとしても悲鳴すら聞いていない。若夫人は容姿も端麗で目立つが、それを引き立てる華やかな柄の服を着て、さらに真っ赤な傘をさしていた。とにかく、人目を引く存在だった。

そんな若夫人の声も姿も、見聞きした人がほぼいないのはおかしい。

南国は不意打ちの驟雨《しゅうう》も多いが、戸外で高貴な婦人がやむを得ず用を足すときは、簡易な覆いにもなるしで、若夫人は日本製の気に入りの傘を持ち歩いていた。

その傘も、見つからない。これまた、不思議なことであった。仮に虎に襲われたとしても、虎は傘など食わないし、わざわざ咥《くわ》えて持ち去らない。

誰かが見つけたとしても、良い品なので拾って持ち帰ろう、自分が使おう、売り払おう、というのは、まずあり得ない。

その傘は、若夫人の象徴のように近隣ではよく知られていた。行方不明の若夫人の傘を隠したり売ったりすれば、盗人《ぬすっと》としてだけでなく若夫人に手をかけた容疑者扱いもされるし、後で直接の危害は加えていないとわかっても、村にはいられなくなる。

傘も見つからずというのは、若夫人は傘を持ったまま いなくなったか。では、連れ去った何者かがいたとすれば、抵抗する若夫人を無理矢理に力ずくでさらったのではなく、若夫人は自身の足で歩いてどこかに去ったのか。

そのうちに、若夫人は駆け落ちをしたのではないか、惚《ほ》れた男と逃げたのだ、という不穏な噂もまことしやかに囁《ささや》かれ始めた。

名家同士のことであるから当然、夫婦は当人達の惚れた腫《は》れたで結ばれた婚姻ではなかった。名家同士の取り決めによるものだが、夫婦仲は決して悪くはなく、なかなかに睦《むつ》まじいものだったと知られていた。

嫁いで二年、なかなか子どもはできなかったが、まだ若いのでそんなに心配もされていなかった。旦那《だんな》の方も隠れて遊ぶことはあったかもしれないが、はっきりあれが妾《めかけ》だという存在は誰も知らなかった。きっと、そんな女はいないのだ。

何より若夫人はまったくの箱入り娘で、無垢《むく》な乙女のまま嫁いできた。それこそ惚れた腫れたの相手など、誰も見たことがない。

その後、若夫人らしき人の着物の色がちらりと寺院の陰から見えただの、赤い傘が木立の向こうで揺れていたのを見た人がいるだの噂になったが、何一つとして若夫人の有力な手掛かりになるものはなかった。

一週間ほどして村人の一人が、警察署に出向いた。その中年の商人は、しばらく遠方に出向いていて、若夫人失踪《しっそう》事件のときは村には不在だった。

帰ってきて若夫人失踪の話を聞き、もしやあれは、と思い当たることがあったので、警察に行かねばとなったのだった。

つい先日、密林の入り口辺りで、若夫人が赤い傘をさしているのを見たという。その女が間違いなく若夫人かと問われれば、はっきり顔までは見えなかった、声も聞こえなかったと困惑し、首を傾げたが。

あんな傘をさす女は、村には若夫人しかいないのだった。だから、若夫人だろうというしかなかった。若夫人でなければ、何らかの手段で若夫人の傘を手に入れた人がいることになり、そうなれば限りなく怪しい人ともなる。

商人は、若夫人は一人でいたのではなく、英吉利人の警官ギルバートと一緒だったといった。警官が若夫人に傘をさしかけられていた、そう証言した。

商人はやや逡巡《しゅんじゅん》したようだが、親しげな様子だった、ともいい添えた。

警察の制服を着ている西洋人を、少なくとも現地の村人と見間違えることはない。

そのギルバートは、大人しい地味な青年だった。威圧感はなく、麦藁《むぎわら》色の髪と、なんだか悲しげな青い瞳《ひとみ》の彼は、穏やかな性質で村人から親しまれていたし、私も無闇に威張らない彼には好感を持っていた。

署長らに呼び出されたギルバートは逃げも隠れもせず素直に出向き、落ち着いた様子ですべてを否定していった。

自分はその日も後日も、まったく若夫人とは会っていないし、姿も見ていないといった。もちろん、特別な関係など一切ないとも。

傘をさしかけられていたのは、自分ではないでしょう、目撃した人はきっと悪意も他意もなく証言したのだろうが、誰かと見間違えている、とも付け加えた。

日頃のギルバートを知る人達は、商人が嘘をつく理由もないが、やはり警官の制服を着た白人の、別人と見間違えたのではと首を傾げた。

ちなみに、それは私ですと名乗り出た英吉利の警官はいなかった。

たぶん、要らぬ憶測をされ、不穏な疑いをかけられるといった面倒事を避けたかったのだと、私は推理した。

なんといってもギルバートはそんな嘘はつかないと、かばう村人は多かった。若夫人の家族も、ギルバートを追及したりはしなかった。

ちなみに若夫人とギルバートは、もちろん顔見知りではあったし、言葉も交わしていたが、それだけだ。良くも悪くも、特に何かあったことはなかった。二人きりで会ったことはないはずだと、誰もがいった。

やがて僧侶《そうりょ》とは別物の、占い師や霊能力者といった者が次々と村を訪れた。

この私がいうのもなんだが、胡散臭《うさんくさ》い者が大半だった。

異国の男にさらわれていき、今はその男の国でその男の嫁として生きている。という占い師もいれば、若夫人はみずから曲馬団、歌劇団に魅せられ、舞台に立ちたくてついていった。という霊能力者もいた。

前者の方が生々しく、ありそうな話であるが。実は後者も、荒唐無稽《こうとうむけい》ではなかった。若夫人はそのような見世物が大好きで、村に曲馬団や歌劇団などが来れば朝から晩まで出向き、彼らに飲食物を与え、天幕にまで入り込んでもいた。

もちろん、一人では行かなかったし、巡業についていきもしなかったが、近隣の町までならお供を連れて追っていったという。

観終えて帰宅すると、興奮冷めやらぬうちに義妹らを相手に芝居を再現してみせたり、歌ったり踊ったりしていたという。それが、なかなかに上手《うま》かったそうだ。練習をし研鑽《けんさん》を積めば、金を取れる舞台に立てそうだともいわれていた。

ああ、もっと下賤《げせん》な家に生まれていれば、あのような舞台に立てたのに。こんな身分でなければ、世界中を巡業できたのに。死んで生まれ変わらなければ、役者や芸人にはなれないのか。観るだけなんて、つまらない人生だ。

そう、無邪気に嘆くこともあったらしい。もちろん皆は本気とは受け取らず、冗談として笑っていた。実の親は、冗談でもそんなことはいうなとたしなめていたとか。

現実的には、身代金が目当ての誘拐か。早くからそれもいわれたが、いっこうにその身代金の要求がない。

虎に食われたか。もう、それは誰もいわなくなった。いや、いえなかった。

そうして何かを勘違いした若夫人の係累の者達が、ついに春日野力人に行方を見てくれと頼みに来た。日本の高僧なら、見通せるのではないかと。

わかるわけがない。そして、無事とも思えない。即座に正直に断れなかったのは、若夫人の親の憔悴《しょうすい》ぶりがあまりにも気の毒だったからだ。

国は違えど、家族の想いは同じであると、私も故郷の老いていくばかりの親を痛切に想った。我が親も常に心配しながらも、息子は無事であると信じてくれている。

老親に希望を持ってほしくて、つい若夫人は生きているといってしまった。

その流れで、無事に戻って来られる祈禱《きとう》をするとも宣言してしまい、連日それらしき経文を唱えることとなった。

そのすべてが例によって、小学校で習った唱歌や、中学で知ったやや猥褻《わいせつ》な民謡などに、それらしい節をつけたものだ。遠山先生が好きだった浪曲も混ぜ、我ながらなかなか聞かせるものになっていると、変に自惚《うぬぼ》れもした。

そうこうしているうちに、今度はギルバートもいなくなっているのが知れ渡った。

ギルバートは独り身で官舎に暮らしていたが、すべての荷物を置いたまま、こちらも転勤だの、英吉利に戻っただのではなく、警察署にも無断でいなくなっていたのだ。

こちらもまた制服のまま、ふらっと出ていった。としか、いいようがないのだった。

部屋から、金は見つからなかった。本人が持ち出したか、何者かが本人から強奪したか、あるいは彼がいなくなった隙に誰かが盗んだか、わからない。

彼もまた、仕事、女、金、何一つとして揉《も》め事《ごと》や問題はなかった。酒も飲まず賭博《とばく》もやらず、麻薬に溺《おぼ》れることもなく、女がいる場所への出入りも見られていない。家族仲も良いらしかったが、里心がついて実家に戻っていることもなかった。

緬甸人、英吉利人を問わず、何かで揉めた相手なども、誰も心当たりがなかった。

彼は人間関係は広く浅くが主義だったようで、非番の日には仕事仲間とチェスをしギターを爪弾《つまび》きテニスに興じ、顔見知りのいる茶店で珈琲《コーヒー》を飲みながら、母国から持って来た本を読んだりしていた。

一人だけ、特に仲が良い同じ英吉利人の医者がいた。年齢はギルバートより一回りほど上だったが、兄のように父のように慕い、小旅行なども共にしていたという。

その医者も、ギルバートの失踪は寝耳に水だと驚いた。悩みを相談されたこともないし、悩みを抱えている素振りもなく、ましてや若夫人については語るのを聞いたことすらない、そういい切った。

こちらはただ、仕事が嫌になったかそれこそ女でもできたかと、そこまで騒がれなかったが。立て続けの失踪となると、若夫人とギルバートを関連付ける人も出て来た。

若夫人は地元の名家夫人であり、ギルバートは支配する国の権力者ではないが、そこに雇われている者だ。

互いに相手を、色恋はなくても特別な存在とは見なしていただろう。

それでも、二人が特別な仲にあったとはっきり証言できる人は出てこないままだった。


しばらくして、また新たな事件が起きた。若夫人が姿を消したと思《おぼ》しき所に近い寺の庭に、かなり腐敗した人間の脚が転がっていたのだ。

それは成人の右脚で、無残にも膝《ひざ》の下から切断されていた。

虎に襲われ食われ、その食い残しとなった脚を別の獣が運んできたか。そう騒がれたが、噂の人食い虎を見た者もおらず、知り合いが襲われたと聞いた者もいなかった。

だがその惨《むご》たらしい脚を目の当たりにしたことで、やはり人食い虎はいるのか、そしてこの脚は、もしや若夫人かギルバートかとなった。

とりあえず他にもないかと探したら、別の寺院の裏手の山から左脚が見つかった。

こちらも膝から下で、どちらも腐敗が激しく、性別も年齢も定かでなかった。

年寄りか若いかも不明瞭《ふめいりょう》、成人であって子どもではない、くらいしかわからない。

それでもなんとなく、同一人物のものではないか、となった。

動物が食いちぎったにしては、切り口が平坦《へいたん》な気もしたが、では刃物で切断したかとなると、これもよくわからない。

胴体や頭は見当たらず、少なくとも村人の知り合いで行方不明者となると、若夫人とギルバートしかいないのだった。

　そして若夫人の夫が検分に訪れ、これは妻に違いないといい出した。腐り果てていても、夫婦として契った自分にはわかると。

　夫がいうなら、そうなのだろうとなった。ならばもう、若夫人はこの世にはいないのだ、となる。その脚だけを棺《ひつぎ》に入れ、盛大な葬儀が執り行われた。

　結局、若夫人は虎に食われた、とされた。何者かに殺されて体をばらばらに切り刻まれたなどと、そちらの方が余計な問題も招きそうだった。

　ギルバートは、若夫人とはまったく無関係な理由での失踪《しっそう》と結論付けられた。ギルバートと若夫人は駆け落ちしたと、妙な噂を流す者はいなくなった。

　力人も僧侶として、葬儀には参列した。若夫人は村にある嫁ぎ先の代々の先祖が眠る墓地に葬られ、といっても脚だけだが、一応はこの事件は終わったとなった。

　何か関係があるのかないのか、ギルバートが親しかった医者も緬甸を離れ、印度に赴任したという。この辺りの詳細も、よくわからない。

　けれど若夫人の親は、力人の言葉にすがった。娘は生きている、と。あれは娘の脚ではない、ちらりと見たが男の脚のようだとも呻《うめ》いた。

　私も、今さら虎に食われて終わりですとはいえず、絶対に生きています、といい続けた。これが後に、仇《あだ》となるのだ。

いつの間にか、あの日本から来た僧侶は娘を生き返らせるから高額な祈禱料を出せと若夫人の実家に押しかけただの、真犯人を知っていると村人達を脅し怖がらせ惑わせただの、悪い噂になってしまった。

実は怪しい邪教の僧侶で、死者を生き返らせることもできるが、それは悪鬼に変貌《へんぼう》するとか、とんでもない荒唐無稽な怪談にすらされてしまった。

突然、逗留《とうりゅう》していた寺院に、警官がどやどやと押しかけてきた。元より私は付きまとう警官に対して、それこそギルバートを除き、鬱陶《うっとう》しい奴らだと反抗的だった。

その何人かには、しっかり顔も覚えられていた。若夫人とギルバートの捜査、捜索の過程で、あっ、あいつだと私に気づいた署員もいた。

あいつは僧侶《そうりょ》のふりをしているが、実は得体の知れぬ日本からの流れ者、いや、怪しい間諜《かんちょう》であるかもしれぬといい出した警官もいたのだ。

乱暴に取り押さえられそうになったので、つい私もそれなりに暴れてしまった。武器は持っていなかったが、何人かに軽い怪我はさせてしまった。

その結果が、逮捕と投獄だ。後見人たる井志子社長にまたまた助けられることになるのだが、その村には帰れなくなり、縁故を頼って隣の村に移った。

ここでも、僧侶に化けている。悪い噂を知る者もいるが、まずは無事だ。

ところで遠山先生が望んだように、緬甸にも立派な日本人が何人も来ていて、上野《うえの》の美術学校を出た人が絵葉書の手彩色を手掛けてくれた。その出来の良さは、被写体が自分で申し訳なくなるほどだった。

　それはさておき。光金先生は、一連の事件とその後の顚末《てんまつ》をどう思われるか。なるべく早くに、返事が欲しい。――

＊

「こりゃまた、すべてが面妖《めんよう》な」

　読み終えて、晴之介は虚脱したように畳に仰向けになった。ただ手紙を読んだだけなのに、炎天下を歩いてきたような疲労感が広がっていた。

　南洋の蝶《ちょう》と故郷の蛇の目蝶と、楠子の恋人だった女の育て損ねた蛾が舞う幻影が、また見えてくる。本当に、軽く発熱している。

　力人は、これが真相だ、という確たる解答を求めてきているのではない。とにかく思いついたことを早く知らせてくれと、回答を迫ってきているだけだ。

　雲を摑《つか》むような話で見当がつかない、とそのまま正直に返すのは躊躇《ためら》われた。

　自分は警察関係者ではないし、殺人事件について講釈や取材や報道をする学者や新聞記者でもないが、一応は想像力が豊かである、いろいろと洞察力に優れている、と思われがちな職業ではある。

「もしこれを、わしが小説として書こうとすれば、うーん」

そういえば前年、千里眼婦人と評判を取った女性の話を聞いた。密閉した箱の中にある紙に書かれた文字を透視し、これも密閉した箱の中の写真乾板に、念力によって文字や絵を浮かび上がらせるのだ。

確か、御船千鶴子《みふねちづこ》というのだった。なかなかに美しい婦人で、たちまち人気者となった。遠く、それこそ緬甸も含めて海外にいる日本人の耳にも届くほどに、騒がれた。元勲、伊藤博文《いとうひろぶみ》の暗殺の辺りから、明治の四十年代はとにかく暗い時代になると、それこそ霊感など欠片《かけら》もない人達ですら予感し予言していたから、何やら千里眼婦人には夢と浪漫を期待したのだ。

権威ある識者の前での実験は、成功も失敗もしたが、失敗を責められたことよりも、能力が衰えていくのを苦にして今年の初め、自死を遂げてしまった。

以降、同じような千里眼を名乗る者も何人か現れたが、御船千鶴子ほどの人気を獲得できた者はいなかった。能力差もあるが、容姿も込みで千鶴子は人気だったのだ。

千里眼婦人が存命であれば、会ってみたいものだった。力人の帳面から、書かれていない真実も読み取れるか。写真乾板に、緬甸の若夫人を連れ去った何者かを浮かび上がらせることは可能か。

「乾板に、たとえば猥褻《わいせつ》な春画が浮き出てきたら、どうするんじゃろ。以前、わしが持っとったような、不謹慎極まるあのような」

「何をいうとるの。ああ、御船千鶴子ね。もしや千鶴子は春画とまではいかんでも、道ならぬ恋の相手の名前など念じて乾板に焼き付けてしもうたとか、そういううっかりした悲劇があったんかもなぁ」

いない千里眼婦人にすがっても、仕方ない。文机《ふづくえ》の前に座り直し、腕組みして呻吟《しんぎん》する。晴之介は、ただ文面から考えてみるしかない。

「そもそも脚は、ほんまに若夫人の脚なんじゃろか」

緬甸人の女の脚と英吉利人の男の脚は、生きているときならまったく別物で区別は容易だろう。刺青《いれずみ》、傷跡、黒子《ほくろ》。そういった特徴があれば別だが、腐り果てたとなれば、身内が見ても判別は難しいかもしれない。

楠子の脚は美しいと見惚《みと》れはするが、もし他を隠して脚だけをいきなり見せられたら、咄嗟《とっさ》にこれは楠子だとわかるか。楠子の脚には、刺青も傷跡もない。

考えてみれば、自分の脚も見慣れているはずだが、たとえば今すぐ左足の薬指の爪を正確に思い浮かべられるか。できない。

なんとなく脚を眺め、こんなところに黒子があったかな、とも考える。

楠子の右足の中指、左の膝《ひざ》の裏、といわれても、ぱっと思い浮かべられない。若夫人の脚だといったのは、夫だったというが。

刺青だの傷跡だの、他人の目にも触れたことのある大きな特徴はなく、これは若夫人のだと夫がいい出せば、もはやそうなってしまったのではないか。

「ユメの死体の謎とは、また違うのう」

そもそもあちらは、売られて来た女郎。こちらは、名家の夫人だ。ユメの場合は、逃げたくもなるだろうといえるが、若夫人は逃げる理由がまったくない。

ギルバートの立場と心情は、よくわからない。彼はそんな富裕層でもなく大きな権力は持っていないとしても、まずまずの暮らしはできていただろう。何もかも置いて逃げることはないと、普通は思われる。

だが、たとえば道ならぬ恋情に溺《おぼ》れていたとしたら。

「ありきたりじゃが、やっぱり若夫人と英吉利の巡査、この二人は無関係ではないと見た。示し合わせての駆け落ちか、やっぱり」

いつの間にか化粧を終えた楠子が、隣に座っている。一瞬、みっちゃんがいると心臓が縮み上がった。それが恐怖なのか、ときめきなのか、わからなかった。

「そんなら、脚はなんなんじゃろね。ほんまに若夫人の脚なんかね」

小首を傾げる楠子に、晴之介はみっちゃんではなく見知らぬ若夫人を重ねる。人がいなくなるのは、さらわれたり襲われたりもあるが、みずから、というのもあるのだ。

「やっぱり若夫人は死んだ、虎に食われたと思わせる偽装工作のために、他人の脚を放り捨てたんじゃなかろうか。つまり、若夫人は別の場所に逃げおおせとる」

「うーん、まったく無関係の第三者の脚なんかね、やっぱり。それを知っての上で、旦那《だんな》はこれは妻じゃというたんかな」

楠子の声が、みっちゃんに重なる。楠子の姿をしたみっちゃんが、寝床の中で怖い昔話をしてくれているような妖《あや》しい微睡《まどろ》みに、頭がぼうっとしてくる。

「墓地から掘り出してきた別人の死体の脚を、切り取ったんか。それとも、背格好の似た人を襲ったか。死体の方が、楽じゃな。

いずれにせよ、頭、胴体じゃったら、もっと容易に誰かわかるもんなぁ」

「うちも、英吉利の巡査との仲を薄々、若夫人の家の者は勘づいとった気がするんよ。じゃけど駆け落ちされたとなれば、旦那の家としては恥じゃから、ならばいっそ若夫人は死んだことにしときたかった」

「逃げた方と、逃げられた方、変な利害は一致したか」

「逃げた若夫人は連れ戻されて、旦那に殺されたんかもよ。脚は若夫人のか第三者のかわからんけど、とにかく死んだことにしたかった、と」

岡山の野山の草いきれとは比べ物にならないはずの、亜熱帯の密林の匂いが鼻先に纏《まと》わる。腐臭は死体のそれと、熟れた果実や肉厚の花のそれが混ざり合う。

「もしかしたら脚は、ギルバートのものじゃったりしてな。殺して埋めとったのを、まさしく虎が掘り出して、食い残しを放っておいたとか」

「若夫人の実家も有力者の家系じゃろうから、若夫人は死んだと思わせて、実は実家に匿《かくま》われとる、とか。不貞が知れるのを恐れてな」

「いやいや、脚はギルバートさんのじゃけど、若夫人のものとしたのは、若夫人の家と嫁ぎ先の家と、これまた世間体という利害が一致した」

話がまとまりそうで、支離滅裂にもなっていく。多分、力人の頭の中も、こんなふうになっていったのだろう。

ただ力人の場合、楠子のような良い相方がいないし、日本語が話せる者すらいない環境では、自問自答の自縄自縛になっていくしかなかろう。

いずれにせよ、ここまで晴之介と楠子があれこれ想像した話は、多くの人が容易に思いつきそうではないか。力人も同じように考えたが、それがどうも違うようだから、解いてくれと手紙を寄こしたのだ。

二人で気分を変えるため、散歩がてら家を出て近所の蕎麦屋《そばや》に入って昼飯とした。東京の蕎麦は、美味《うま》い。地元ではうどんしか食べなかったので、蕎麦はご馳走《ちそう》に近い。

「そういや子どもの頃、みっちゃんと見世物小屋に行った思い出がある」

あれはどこの神社だったか。物悲しくもおどろおどろしい、華やいでいるのに陰鬱《いんうつ》な出し物の中に、手無し女というのがいなかったか。

いつか楠子と話した芸妓《げいぎ》だった女とは別の女だったはずだが、生まれつきなのか病気、怪我によるものか、器用に足で習字をしたり裁縫をしたりしていた。

逆に脚がなくて、ひょいひょいと逆立ちして軽妙に踊ったり、梯子《はしご》に腕の力だけで登ったりする芸人などもいなかったか。

「何かを失った人は、それを補うべく、別の何かが発達するんですらぁ」

みっちゃんの囁《ささや》きも、蘇《よみがえ》る。みっちゃんは怖いお伽噺《とぎばなし》もよくしてくれたが、ときおり世の中を知る至言といっていいのか、学べる諺《ことわざ》めいたものも口にしていた。

「大人しい者ほど、屁《へ》が臭い。あ、笑いましたな。じゃけどこれ、怖い話でもあるんよ。いかにもな悪党や、見るからに毒婦といった見た目の人らより、虫も殺さぬ、みたいな顔をした人の方が、酷《むご》いことを平気でやったりする。しれっとしてな」

「みっちゃん、屁の臭い大人しい者に何かされたんか」

「された、された。じゃけどそいつらは良い人、立派な人みたいに思われとるから、なかなか罪が露見せん。それどころか、なんならこっちが悪者にされたりするでなぁ」

みっちゃんは、誰かの名前をあげて悪口をいったりはしなかったが、もしかしたら憎い奴らを怖い話の化け物にして語っていたのかもしれない。

憎いとまではいかないはずだが、今思えばなんとなくそれは、光金家の人達を当て擦《こす》ったと取れなくもない。

「みっちゃんて、好きな男は居《お》るんか」

「坊ちゃんを好いとりますで」

「それは、わかっとるんじゃ。わし以外で」

「そうじゃなあ。正直、うちは子どもの頃から色男に弱《よお》うてな、なんぼ金持ちでも偉い男でも、厳《いか》つい顔は苦手じゃった。それを子どもの頃から親や周りの親戚《しんせき》に、顔で畑は作れん、と戒められとった。

　男の顔がきれいでも、あまり意味がないで、ということじゃ。そのためじゃろか、大人になってからは、厳つい顔や味わいのある顔の男にも惹《ひ》かれるようになったわ」

「わし、顔良いかな、なあなあ」

「ええですよ。坊ちゃんの顔でなら、畑が作れるかもしれんな」

　父親と兄は、醜いのではないが厳つい顔つきだった。男らしい、ともいえるが。対する晴之介だけが、役者顔と半ば揶揄《やゆ》されていた。

　これも今から思えば、父か兄のことを仄《ほの》めかしていたのか。

　みっちゃんを思い出すと、いつも途中から切なくなってくる。そして、何か怖くなってくる。頭を切り替えて、紅《あか》い天幕の見世物小屋を思い浮かべる。なつかしい悪臭と、物悲しい郷愁。いかがわしいものは、煌《きら》めく毒の鱗粉《りんぷん》を撒《ま》く。

みっちゃんもだが、あの芸人達も今頃どこでどうしているか。今も現役で芸を見せているのか、ひっそりと暮らしているのか。

そこでふと、晴之介は立ち止まった。楠子も同時に、立ち止まる。何もいわずに、顔を見合わせただけで通じてしまった。

「そうじゃ、手足が無《の》うても逞《たくま》しゅう生きとる人らは、少のうないんじゃで」

近所周りには、戦争で片手を失った商家の主人、事故で片足を失った書道の先生がいた。

「頭さえ失くさんかったら、生きていける」

冗談めかしていたが、真顔でいっていたのは、どちらだったか。

「それじゃて。仮に若夫人は脚を失っても、生きとるかもしれんよ」

脚を失くしたギルバートが生きている、というのもありだ。

「わしらも二人は死んだと決めつけとったが、ともに生きとる可能性もあるわけじゃ。生き延びるために、死んだふりをするのもありじゃ」

傘と下駄を売る店の前で、また楠子は立ち止まった。そこに、赤い傘はないが。夫人は傘を持って、どこかの舞台に立っている。念願の天幕に、隠れている。

「若夫人が、自分は死んだことにしたかったんで、自分から脚を切ったかも」

「旦那側が、若夫人はどこかで生きとる、と村人に思わせることは避けとうて、絶対に死んだことにしたかった。じゃから、脚を転がしておいたんかな」

「いずれにしても、無実の犯人にされた虎は、気の毒じゃな」

「そもそも、そんな虎は居らんじゃろ。人食い虎の噂を流したんも、旦那側かも」

血生臭い想像をしようとしても、赤い傘が乱舞する美しい幻影に囚《とら》われる。

「もしや脚を切ったんは、ギルバートの親しい医者じゃったかもしれんなぁ」

「わしも、それを考えた」

戻ってくると、一階の店の前に制服の巡査がいた。別に捕まるようなことはしていないが、思わず身構えてしまった。自分も緬甸の牢獄《ろうごく》に、と本気で後退《あとずさ》りした。

ハイカラの象徴たる金縁眼鏡をかけた巡査は、年嵩《としかさ》ではあるが言葉遣いも丁寧だった。

「ペスト等の予防には、鼠の駆除が一番らしいので、強制ではないが御宅も猫を飼われるとよろしいよ。それを告げたかっただけなので」

楠子が猫のようなものなので、とは答えず、頷《うなず》いておいた。

「鼠は引けても、人の脚は引けんよ、にゃあにゃあ」

猫の鳴き真似をしてから楠子が仕事に出ていくと、晴之介は改めて文机《ふづくえ》の前に座り、便箋《びんせん》を取り出した。微《かす》かに、手が震えるのを抑える。

身の内から燃えるものがあり、このように一気にしたためた。

＊

『前略。お問い合わせの件ですが、正直いってすでに春日野様を始めとした皆様の想像、推理、憶測を超えるものは考えつきません。

名家の若夫人と英吉利の警官は駆け落ちした、としか思えません。

いつからそんな関係になったかはまったくもって他者にはわからないとしても、恋情に悶《もだ》える若い男女など、檻《おり》に入れて二十四時間見張っていなければ、どうとでも抜け出して行って逢《あ》いますからね。

世間体を気にした関係者が、若夫人は事件か事故に巻き込まれて死んだことにした、としか考えられません。

脚は若夫人でも警官でもなく、近隣の地域から逃亡してきた者が、獣に食われたか山賊に襲われたか、その結果ではないかと想像します。

つまり、脚もまた二人には関係ないのではないかと。南洋の大きな鼠が、どこからか引いてきたのでしょう。

これを利用しよう、と若夫人の夫側は見つけて閃《ひらめ》いたのではないですか。

私が小説家として売れないのは、何より想像力の乏しさであると思い知りました。

豊かであるつもりでしたが、ただ頭でっかちになっていただけなのです。

もしかしたら私は、警官になっていた方が推理力など現場で鍛えてもらえたかもしれませんが、非力な臆病者《おくびょうもの》ですから、それも今さら難しいでしょう。

とはいえ、これだけで返事とするのはあまりにも愛想がないので、この事件を元にした小説の粗筋を書いてお送りしましょう。

これはあくまでも売れない小説家の、乏しい想像力で作り上げた物語です。

——若夫人も貴方《あなた》も含め、警察ですら二人の失踪《しっそう》を関連付けているようですが、私は二つの失踪事件は実は無関係であると考えます。

若夫人はたとえば、マラリアなどに罹《かか》っていたのではないでしょうか。

無症状の潜伏期間の後、たまたまその日に皆と離れたところで発症、方向感覚を失って高熱に浮かされて帰り道を見失い、彷徨《さまよ》っているうちに崖下《がけした》に落ちた。あるいは、思いがけず密林の奥深くに迷い込んだ。

つまり若夫人は死ぬ気も消える気もなく、さらわれもせず殺されもせず、ただ人知れず転落死か衰弱死をしたのです。

もっと捜せば死体は出て来るが、様々な流言飛語に親族も惑わされ、駆け落ちだの家出だのにされておもしろおかしく語り継がれるくらいなら、体面を慮《おもんぱか》って哀れな被害者として終わった方がいい、そう考えたのではないでしょうか。

赤い傘は、若夫人と一緒に崖下に落ちたか、密林の奥地に転がっているでしょう。きっと、赤い花のように。

さて、ギルバートさんの方ですが。貴方は彼に好意的だったと書いておられますが、それは私には確かめようがありません。

評判がいいというのも、貴方がいっているだけです。私は、村人からも英吉利の警官からも話を聞けませんので。

もしかしたら貴方が書いておられた、小うるさく高慢で陰険かつ不品行な英吉利の警官とは、ギルバートさんのことではないでしょうか。

若夫人の失踪を知った貴方は、ギルバートさんの所為《せい》にしようと企《たくら》んだのではないか。

二人が駆け落ちしたかのような噂を流し、若夫人の家族に、生きている気がするといったのは、別の後ろめたさがあったからではないのですか。

さて貴方は日本人としても大柄な方ですが、小柄な南洋の現地人に交じればさらに大柄な人になったでしょう。若夫人が傘をさしかけていたのは、ギルバートさんの制服を着た貴方だったのではありませんか。

若夫人はそのときすでに崖下か密林の奥深くで、赤い目立つ傘は木に括《くく》りつけたか枝に挟んだかで、持っている女はいなかった。

貴方は村の商人に遠くから見られているのを意識し、傘をさしかけられていると見えるよう腰をかがめていた。

貴方は赤い傘を拾っていた。あるいは、夫人が落ちるところも見ていたかもしれません。まるで楽しいもの、美しいものを見るかのように。

元々、ギルバートさんを陥れようといろいろ画策し、若夫人と不義の仲であると工作をしていた貴方は、官舎に忍び込んで制服を盗んだのかもしれません。

これはあくまでも、無名作家の貧困な発想の物語なので怒らないでくださいね。まだ、こんな粗筋だけです。小説にするときは、登場人物の名前も設定も脚色し変更し、春日野様に変な勘繰りや憶測が及ばぬよう、細心の注意を払って執筆いたします。取り急ぎお返事まで。草々。』

＊

やっぱり、こんな内容はやめておこうと躊躇《ためら》いが湧きだしそうなので、急いでその手紙を投函《とうかん》した。楠子には、ありのままを話した。

「うーん、うちにも、その小説が事実であるような気がしてきたで」

一か月ほど過ぎただろうか。春日野力人から、見事な絵葉書が届いた。消印は、印度であった。すでに緬甸は、出てしまったようだ。

絵葉書は、講演と合わせて聴衆や支援者に売り、旅費の足しにするといっていた。さらに、美術の学校を出た日本人が手彩色をしてくれたとも以前の手紙にあった。

その一枚は、巨大な象の背に座る春日野力人であった。

背景は密林で、ひときわ高い椰子《やし》の木が青空を指している。象使いであろうか、まだ少年のような現地の男が、象の鼻の前に立っている。

丁寧に彩色の加工が施されているので、象の灰色の肌も密林の緑も、黄土色の探検服と黒い長靴も、現地の男の白いターバンも色鮮やかであったが。

象の背に乗る春日野力人の手に握られた傘の赤が、何よりも鮮やかなのだった。

そう、まるでともに不明になった若夫人の傘のように。これが例の若夫人の傘かどうかは、わからない。多分、別物だ。

それでもあの話の後に見せられれば、あっ、と声が出るではないか。

ただこれが、実際に赤いかどうかはわからない。

実物は、黒かったかもしれぬ。彩色を手掛けた職人が、画面の均衡を考え、ここに赤を配したいと筆を執っただけかもしれない。

あるいは、力人がこの傘を赤くしてくれといったのかもしれない。こんな絵葉書が緬甸の若夫人の事件を知る者の目に触れれば、とは考えなかったか。わざわざ、怪しいですよと喧伝《けんでん》するような真似をしたのか。

もしやこれはと問われたとき、私にやましいことはありません、これは若夫人の傘ではありません、似ているだけの別物です、そもそも職人の彩色ですからと、涼しい顔で答える準備もしているのか。

犯罪者が、隠し通したい、逃げおおせたいと願いながらも、すべて暴露してしまいたい、誰かに知ってほしい、と願うのは珍しいことではない。犯行現場に戻ってみる、それもありがちな行動だ。

殊に、力人のような自己顕示欲が強く目立ちたがりの男であれば。と、力人を犯人扱いしてしまうのも、想定内というのか思う壺《つぼ》というのか。

文面は、ごく短い走り書きに近いものであった。


『さすが光金先生は、想像力が豊かです。鋭い御見解、大いに納得いたしました。その小説がまるで真実であるかのように、怖くなってきました。

早く作品化されたそれを読みたいです。きっと、大いに話題となって売れるでしょう。

例の事件に関しては、意外な事実をお伝えせねばなりません。いろいろと思うところあって黙っていましたが。残念ながらといっていいのか、光金先生の御見解とはかけ離れております。しかし先生のはあくまでも、創作。現実と違っていても、それはそれで良いのです。

それは帰国した時、じっくりと話しましょう。取り急ぎ御礼まで。印度にて。』

鋭い御見解。しかし的中したとは書いていない。ともあれ、彼が納得したのは推理の部分か、小説化したところか。わざと、触れていない。

布団の中で一人、晴之介は絵葉書を月光に透かしながら、この傘は本当に赤いのだろうかと考えていた。見つめるほどに、鮮やかさが増してくる。

象に乗っているのが、見知らぬ緬甸の美しい若夫人になってくる。傘が生々しい血の色になってくる。あるいは、夫人の口紅の色。

いつの間にか寝入っていて、ふと目が覚めたのは、女が布団に入って来たからだ。仕事を終えて帰宅した楠子のはずだが、何か違う。

緬甸の若夫人か。みっちゃんか。目を開ければ恐ろしいものを見ると直感し、寝ているふりをした。その女は、身を捩《よじ》って絡みついてきた。

脚がない。自分の脚に、女の脚が触れない。

そしてその脚のない女の見ている情景が、晴之介の中に雪崩《なだ》れ込んできた。密林の中に立つ、力人。力人がさす、赤い傘。

「私は、生きてます」

悪夢は楠子の声ではなく、異国の若夫人の声で霧散した。

第四章　楽園獄中記

相変わらず楠子は高級料亭にも仲居として出るし、階下の中級料理店も手伝い、その合間にも髪結いに裁縫にと掛け持ちし、ずっと働いてくれている。

「今さらこんなんいうのは、きまりが悪いし照れもするんじゃが。楠子は駄目でも屑《くず》でも、わしという男そのものに惚《ほ》れてくれとるんか。それとも心底から、将来わしが偉い小説家になれると信じて尽くしてくれとるんか」

親にも可愛がられ、みっちゃんにも溺愛《できあい》され、それなりに女達に求められもしてきた自分であるが。そこまで楠子ほどのいろいろな意味で特別な人が惚れこんでくれる自分であるかとなれば、自信がない。

楠子は決して恩に着せるようなことはいわないし、しんどいとも愚痴らない。

「どっちもあるけどやっぱり、うちがやりたいから、やっとるだけじゃ。いわば、自分のためにやっとるようなもんなんよ」

「そういうてくれると、わしゃ気が楽にはなる」

晴之介にとってそんな甲斐甲斐《かいがい》しい女房みたいな楠子だが、それでもまだどこか、一昨年《おととし》に訪れて去っていったハレー彗星《すいせい》に似たところもあった。

「目的と手段が逆、ともいえるかなぁ。誰かに尽くしたい自分が先に居《お》ってな、その尽くせる誰かを探しておるわけよ。普通は先に惚れた人が居って、その人のために私は頑張りましょう、となるもんなんじゃろうけど」

「女学生の恋のようでもあるな。人に恋するんじゃなしに、恋に恋する」

尽くされる相手として選ばれたことには、素直に感謝し喜ばねばならぬだろう。

「力人さんも、大義や野望や遠山先生への忠誠心、諸々《もろもろ》があるとしても、やっぱり何よりも冒険そのものが好きで、冒険する自分が好きなんじゃろね」

「ああ、わかる。故に力人さんは、冒険の達成というもんはないんじゃな。一通り終わった、到達したとなったら、次の冒険へと出かけていく」

「比べるもんじゃないけどな、ハレー彗星に、何で飛んでくるかと聞いても答えられんじゃろ。飛ぶのが好き、とも違うよな」

「人を怖がらせるのが目的、とも違うじゃろ。もしそれじゃったら、逆にわしゃハレー彗星はおもろいやっちゃと好きになるわ」

魔性の星、凶兆の使いと恐れながらも、どこかで人々は煌《きら》めく眩《まばゆ》い尾を引きながら七十六年ごとに訪れる流れ星に、浪漫と神秘を感じ取る。

破滅後の天国をちらりと想像してもみるし、自分も宇宙の塵《ちり》になるのも悪くないかもと、厭世《えんせい》的にではなくいっそ呑気《のんき》な夢にも浸る。

「次は一九八六年か。そんときわしらはほんまに、宇宙の塵じゃ」

それでも今は、生きていかねばならぬ。晴之介は今日も力人の覚え書きを正確に読みやすくまとめ、さらにそこから着想を得たとする自身の小説を執筆していた。もはやこの二つは混じり合ってしまい、事実はどれだかわからなくなっていきつつある。

力人は、帰ってきて晴之介の原稿を読んで失望し、怒るか。いや、力人はこうなることも予測して、晴之介に依頼したようにも思える。

晴之介はこれが仕事といえるかどうかはわからないが、書き続けるしかない。

このようにして明治四十五年の夜は明け、日は暮れていった。

しばらくは、晴之介達には表向きは平穏な日々が流れた。

ときおり、障子に見知らぬ誰かの影が映ったり、鳥の声に混じって異国の女の叫びが聞こえたり、浅い夢の中に体温が生々しいみっちゃんが現れたりもしたが、それらはすべて気のせい、で済ませられるものだった。

南洋ほどではなかろうが、蒸し暑い季節になっていた。

「郵便屋さんが、持ってきたよ」

机の前で転寝《うたたね》していた晴之介は、ごく自然に当たり前のように、みっちゃんが郵便配達人から受け取った大判の封筒を持ってきた、と頭をあげた。

みっちゃんではなく楠子で、貴女《あなた》はどちら様で、といいかけた。こんなのも怪奇現象に入れようとすればできるのであろうが、ただ寝惚《ねぼ》けただけともいえる。そういう楠子も、一瞬だけ晴之介が力人に見えたという。

「来た来た。待っていた怪異が来たで」

春日野力人の旅行記の書かれた帳面は、変わらぬ味わい深い愛嬌《あいきょう》ある筆跡と、取っ散らかったというしかない記述で、その封筒は印度から送られてきていた。

「恋文を待っとったようじゃな」

これも気のせいなのか、実際に紙面に染みついているのか、添えられた手紙からも帳面の紙面からも、見知らぬ遠い異国の香辛料の香りがふわりと立ち上った。

『例の若夫人失踪《しっそう》事件と、関係があるのかどうか、定かではありませんが。

印度に、身体の不自由な者ばかりが芸を見せる移動式の劇団があり、そこにどちらも片脚のない夫婦がいるとか。芸達者なだけでなく、仲睦《なかむつ》まじさでも知られているそうな。

妻は緬甸人、夫は英吉利人だと名乗っているとか。

夫婦は揃って天幕や舞台の設営、移動、炊事に掃除といった雑用をこなしながら舞台では劇も演じ、楽しそうに暮らしているそうです。

果たしてその夫婦が、例の若夫人と警官なのかは判然としません。女はすらりと美しく、男は麦藁《むぎわら》色の髪に青い瞳《ひとみ》とは聞きましたけれど。

脚とともに過去も自分自身も捨てて去り、新たな相手と新たな生活をし、新たに生き直しているのだとしたら、私は祝福するしかありません。

脚は死を偽装したのではなく、昔の遊女が惚れた客に指を切って渡した、あれの拡大版だったとも考えられましょうか。とことん、推察するしかないのですが。

もちろん、その夫婦がたまたま緬甸の女と英吉利の男というだけで、あの若夫人と警官とはまったくの別人、赤の他人ということも考えられます。

ただ私の中では、この話はいったん終わっております。尻切《しりき》れトンボでありますが、現実とは得てしてこのようなものです。

光金先生に素早い的確な回答をいただき、さらにおもしろい小説にしてもらえるとわかった時点で、私の気も済んだのでしょう。

物事の終わりは、裁判や話し合いや決闘、あるいは誰かの死など様々ありますが、当人の気が済んだ、というのも大いにあります。

私はまだ、実際にその夫婦の劇は観られておりません。しかし異国に居て異郷の人達に囲まれていても、日本の噂話は入ってくるものです。

浅草帝国館の女魔術師、松旭斎天勝《しょうきょくさいてんかつ》の連日大入りの興行の話を聞くと、若夫人も天勝に負けない華と美貌《びぼう》で観客を魅了していると想像できます。

師匠の天一《てんいち》が考案した、電気仕掛けの噴水といった大掛かりな舞台は望めないとしても、天勝にこれは負けない妖《あや》しい視線で観客を虜《とりこ》にしていると、私も夢見ます。あるいは若夫人は緬甸の松井須磨子《まついすまこ》となり、妖艶《ようえん》な女優として女達からも憧《あこが》れの眼差《まなざ》しを向けられているかもしれません。

これらの話は、英語の巧みな印度人に聞きました。互いに母国語ではない言葉で会話していたので、大いに私の勘違いや想像も混ざっているのを、どうぞお含みおきください。

さて今回は、お約束通り我が獄中記をお届けします。ここはまた光金先生の筆力で、より一層の物語性を高めてほしいものです。』

それを読んだ楠子はしばし遠い目をした後、静かにこんな話をした。

「仮に二人が緬甸の名家夫人と、英吉利の警官としましょうや。脚はさておき、二人はいつから恋仲だったか、という推察はあまり意味がないんよ。

その相手に惚れて駆け落ちをする。普通は、それよな。じゃけどうちの周りには、それだけじゃないときもままあった。

売れっ子の芸妓《げいぎ》、底辺の酌婦、普通の奥さん、真面目な女学生、女も様々。その相手も真面目な働き者の他家の亭主もおれば、素性の怪しい色男、とにかく何であれをと皆に忌避されていた者、いろいろじゃ。

駆け落ちもやむなし、と納得できる組み合わせもあれば、犯罪に巻き込まれたんじゃないか、片方が無理矢理にさらわれたんじゃ、といわれ続けるのもあった。

それこそ、さっきの話の続きじゃないけど、先に誰かと駆け落ちしたい自分が居る。そこにたまたま、相手役にぴったりじゃないんか、という相手が現れる。

いや、ぴったりでなくとも、かまわんのよ。よっぽど嫌な相手じゃなければ、これでええかと妥協もできる。そうして一緒に逃げましょう、となる。たまたまあんたが居っただけ、とはいわんわ。あんたが命懸けの相手よ、というわいな。

夫人は警官に熱烈に惚《ほ》れてはおらなんだが、とりあえずともに逃げる相方としては、まあまあええかな、と選んだんじゃろ。

たとえばある炎天下、用を足して帰ろうかとふと傍らの傘を取ったとき、たまたま通りかかった顔見知りの警官と目が合って、その刹那《せつな》、この人と駆け落ちする、と決めた。

警官もまた、ここを出ていきたい、どこか別の新天地に行きたいと鬱々《うつうつ》としていたときに、いろいろな意味で目が合ってしもうたんよ、名家夫人とな。

頭が強う切り替わったときは、脚を切るのも爪を切る程度のことになったりするんよ。

あるいは、軽い思いつきであるのを拭《ぬぐ》い去ろうと、何か一大決心、重大な決断が要るとして脚を切り、死んだという証拠にしたんかも。その辺り、うちも想像するしかない。ほんまのところは、当人らにもわからんかもしれんでな。

うちの体を、こういうふうにした大いなる存在もな。神様はうちを特別視してくれたから、じゃなしに、ふと、ただ、両性具有の人を作り出してみたくなっただけ、かもしれんわ。それがたまたま、うちじゃったというだけのこと」

楠子の話には、妙に説得され納得できる部分もあったけれど。やはり自分がたまたまそこにいたから、とは思いたくないのもある。

「いや、わしは楠子に惚れとるで。それが先にあるで」

媚《こ》びるのではなく、むしろ楠子を可哀想に感じてそう答えた。

「うちも、そう答えましょう。晴之介さんだけは、先に晴之介さんありき、と。花柳界に居《お》ったときの癖が出たな。どの男にも、そういうとったかもしれんよ、この悪女は」

冗談にしてしまっていたが、楠子のいじらしさに見知らぬ細甸の名家夫人を重ねる。夫人は舞台の上よりも、舞台を降りたときの方が男に惚れる名演技を繰り広げているのかもしれない。そしてそれこそが、夫人の望んだ真の舞台と演技なのかもしれない。

「楠子よ、帳面も後から読んでみ。力人さんも、恋をしとる」

異国の残り香の漂う紙をめくり、読み進めていくうちに、これは獄中記というより一種の怪奇小説、何より恋愛小説のようでもあるな、と呟《つぶや》いていた。

晴之介も、どこか恋する乙女の如く、奇妙な陶酔すら覚えていった。

*

――私は学生の頃、決して品行方正な秀才というわけではなく、生意気な上に風紀を乱すだの不良行為が多いだの、教師達に怒られ責められ罰せられることもあった。

勉学も、できる教科とできない教科の差が激しかった。失礼であるのを承知でいわせてもらえば、光金先生も同類ではと想像する。

好きな分野には鬼のように打ち込めるが、何ら心が動かぬものには、目を動かすことすら億劫《おっくう》になる。うなずく光金先生が今も、目に見えるようだ。

そのような私に教師達は敵視に近い態度を取ったが、長じて遠山満鶴先生に巡り会えたとき、それもお前らしさである、好きなことに全身全霊でぶつかれ、そんなお前を受け入れてくれる人達を大事にしろと初めて誉められ励まされた。

遠山先生はさておき、今よりさらに血気盛んな年頃でもあったため、校内でも街なかでもどこでも、向こうから吹っかけられれば喧嘩《けんか》には必ず応じた。正直、無敵の全勝とはいかぬが、勝ちの方が多かった。

言い訳ではなく、老人や弱い者を脅して金品を奪うだの、女性や子どもに手を上げるだの、それらは絶対にやっていないと強調したい。相手は対等、もしくは強い男、そしてあちらから向かってきた場合に限られた。

たまに警察に捕まっても、処罰されたことはなかった。決して武器を持たずいつも素手であったし、喧嘩両成敗《けんかりょうせいばい》、説教で終わらされていた。

遠山満鶴先生の書生となってからは、よほどのことがない限り、先生の御名前、門下生の名誉を傷つけぬよう、喧嘩や争いは避けるようになった。

それを弱気になった、落ち着いたと見る人達もいたが、私としてはとにかく学生時代とは違うと、自重のつもりだった。しかし、遠山先生から離れた異国に渡り、つい学生時代の自分が出てきてしまったわけだ。

それにしても、まさか異国で、まったくの冤罪《えんざい》でいきなり投獄されるとは。

日本の牢獄を知らないので比べようもないが、煉瓦《れんが》造りの獄舎はひたすらに暗く陰《いん》鬱《うつ》だった。高い所に小さな鉄格子の嵌《は》まった窓があっても、細い光が一条《ひとすじ》、漏れてくるだけだった。不潔さ、臭気は、獣の檻《おり》と変わりない。

日本は一気に電灯が普及し、夜が明るくなったと聞いたが、こちらは少なくとも牢獄に洒落《しゃれ》た照明などはない。夜は真の闇だ。

こんな闇はもはや、岡山の田舎にもないというほどの、目に染みるような、罪悪そのもののような、否、原始への畏怖《いふ》すら抱かされる闇。

食事は来る日も来る日も、粗末な麺麭《パン》と濁った水。たまに煮た小魚や野草。部屋の隅に、便器代わりの盥《たらい》があった。自分らは、どんどん獣に近くなっていった。特に水はひどい。雨水を濾《こ》しただけなのだ。岡山の澄んだ清冽《せいれつ》な井戸水が、恋しい。

寝具といった、上等なものはない。敷物すら、ない。ただ、石の地面に犬みたいに転がって寝るだけだ。ごく浅い夢しか、結べない。

日本の冬が恋しかった。あまりの暑さに熟睡などできず、煉瓦の辛うじて冷えた所に頰を押し当て、暑気からも逃げられないのに逃げようとする。頭が常に霧で覆われ、思考がまとまらなくなってくる。

血を吸う虫も群れをなし、すべてが恐ろしく不衛生であったが、番兵達は険しい顔立ちの割に優しいところもあり、英語もそこそこできた。

だから、番兵に無闇に乱暴されるといったこともなく、こちらも無意味に暴れても体力を消耗し心証を悪くするだけなので、素直に従っていた。

自分はただ一人の日本人なので、獄中にいて威張れた立場ではないものの、日本人は礼儀正しく冷静沈着だと思われたい気持ちもあった。

遠山先生も、日本の若者が世界に雄飛してくれるのを望んでいた。この有様を遠山先生が見たら、どれほど胸を痛められるか。

同房の者達は、私が得体の知れない雰囲気を漂わせ、大柄でありつつ大物然としていることから、無闇に挑んできはしなかった。それに、人を殺せそうな暑さだ。無意味に喧嘩をするのも、面倒になっていくのだ。

とはいえ言葉も心も通じない者達との囚《とら》われの日々は、すべてのものを麻痺《まひ》させ、消耗させていく。特に私は冤罪なので、罪を悔い改めるということもできない。

毎日、うまくもない英語で取り調べに応じ、身の潔白を訴えた。

お前は誰だ。お前は何をした。

ずっと同じことを聞かれていると、だんだん自分が自分でわからなくなってくる。

私は誰だ。私は何をした。

これも、拙《つたな》い英語で繰り返した。敬愛する遠山先生のために、日本の未来と若者のために、世界に活躍の場と羽を広げようと冒険をしている。それだけだ、と。

それが獄中で獣みたいにうずくまっていると、自分の中では大いなる志と夢だったはずのものが、すべては絵空事ではないか、自分は意味なく放浪しているだけで、異郷の地で果てるのではないか、と空恐ろしくもなってきた。

それでもどうにか井志子社長と連絡も付き、保釈金を持って身請けに来てくれることになったので、なんとか耐えられた。

井志子社長も、日本人を手助けして恩を売るのではなく、ただ助けたいから助けるというところがあった。人を助けている自分が好きなのだ。

誰かを助けたい自分が先にいて、そこに助けを求める人達が来るのを喜んでいた。光金先生の近くにも、そういう人がいそうな気がする。

などと獄中で御託を並べても、私は立派な人にはなれない。しかしその最悪な獄中には、奇妙にして密《ひそ》かな楽しみも生まれていた。

その楽しみがなければ、私は精神に恐慌を来し、暴れて取り返しのつかないことをしてしまったかもしれなかった。

私が入れられた房は、だいたい外国人専用の房のようになっていて、初めて入ったときも明らかに緬甸人ではない者達がいた。聞けば、中国人や朝鮮人、中央亜細亜の者達だ。彼らの中には、日本語を解する者もいた。

それからも入れ替わり立ち替わり、白人に黒人、様々な異国から来た者達が交ざっていった。国籍を問わず、人種は関係なく、いい奴も嫌な奴もいた。

根っからの悪党、凶悪犯もいれば、運悪く巻き込まれただの、よくわからないうちに片棒を担がされていただの、普通の者達、むしろ気弱なお人好しもいた。

私は日本にいても、どこの国の人かわからない、どこの国の人といっても通じると半ば揶揄《やゆ》もされていたが、ここでも日本人だとすぐわかった者はいなかった。

その雑多な群れの中、混沌《こんとん》とした悪党どもの集まりの中でも、セルゲイだけはいろいろなものが飛び抜けていた。

私が日本人だと、一目でいい当てたのは彼だけだった。なぜわかったのかと聞いても、わかったからだ、としかいわなかった。

そして私は、初めてセルゲイを見たときの衝撃を忘れることはできなかった。まるで、彼にだけ強い陽光も弱い月光も特別に濃く降り注いでいるようだった。それをいうと本人にも、恋する乙女かと鼻で笑われた。

父親が露西亜、母親が朝鮮の血を引く彼は、故郷は哈薩克斯担《カザフスタン》だといった。我が世界探険の旅の予定には、入っていない国だった。

私とは違った理由で各国、異郷を渡り歩き、探険ではなく悪事の行脚を続けていた。そこに目的などない、と肩をすくめた。まさか奪った金で家や土地を買って堅実に暮らすか。あり得ない。いっとき豪遊しても、博打《ばくち》で勝っても、何も残りはしない。奪った金はすぐ次の強奪や潜伏、逃亡のために費やすだけだ。

自分はとことん自分のためにしか生きられないし、自分は悪党に生まれついただけのことだ、こうするしか生きる道がないのだ、とも。

国境を股《また》にかけ、かなりの広域で強盗や殺人を重ねていた彼は、警察関係や悪党の世界では結構な有名人だった。遥々《はるばる》とここまで落ち延びて来たのも、露西亜や故郷の周辺で捕まれば、殺されるか死刑は免れないからだった。

拙い英語や中国人との筆談、日本語ができる中国人、朝鮮人などから聞かされたことと、親しくなってからはセルゲイ本人が語ってくれたことを寄せ集め、私はセルゲイの身の上をかなり詳しく知った。

少なくとも、その房では一番の悪党だった。殺した数、盗んだ額、これも飛び抜けていた。だが、何よりもセルゲイは容姿が飛び抜けていた。

初めてセルゲイを見たとき、この世にこんな美しい男がいたのかと呆気《あっけ》にとられた。世界は広い、心底から実感できた。

ついその顔をいろんな角度から飽きずに眺めてしまい、どこにも隙のない天然の造形美に、畏怖の念すら抱いた。

自分に文章力だけでなく、絵心もないのが悔やまれた。この顔を正確に写し取れたらと、悶々《もんもん》とした。写真機は、取り上げられてしまっていた。

後から知るが、同い年だった。それもまた、運命と親しみを感じるものとなった。同じ学び舎《や》にいたこともないが、確かに級友だと思えた。

私も含めて皆はまずセルゲイの容姿に、中身も相応《ふさわ》しいのかと考える。これは、期待といっていいのか。確かに彼は冷酷で凶悪ではあるが、剝《む》き出しの粗暴さ、あからさまな粗野さ野蛮さは、当てはまらない。

むしろ微笑を湛《たた》えた物腰柔らかな雰囲気で、彼をよく知らない人、まったくの無関係な人には、まさに容姿に相応しい人柄であると見えるのだ。

セルゲイは体軀《たいく》にも恵まれ、私より背が高く、胸板や腕など日本人にはない厚みと筋肉を備え、腰の位置が高く彫像のようだった。

なのに顔にはどこか幼さも残り、金髪碧眼《へきがん》ではなく、母親の血のためか濃い茶色の髪と瞳《ひとみ》なのに、西洋絵画の天使にこんな顔があったといいたくなる。

中身はまったくもって天使ではないのだが、どこか含羞《がんしゅう》のある微笑など目の当たりにすれば、どうしても無垢《むく》な聖なるものを想起してしまうのだった。

番兵も英吉利の警官も、同房の者達も、セルゲイの噂される凶悪さと、それに釣り合わない容貌《ようぼう》とに萎縮《いしゅく》し圧倒され、敬して遠ざけるという戦法しかなかった。

女に生まれていれば、富豪の夫人や愛妾《あいしょう》、あるいは高級な芸妓《げいぎ》や大きな舞台に立つ人気役者などになれていただろうが、学も金も後ろ盾もない男となれば、顔はあまり役に立つ武器とはならない。

セルゲイも自ら魔道に堕《お》ちても、たとえば女衒《ぜげん》として生きるのは良しとしなかったようだ。そもそもセルゲイ自身、あまり女に欲望がなかった。

美貌《びぼう》が凄《すご》すぎて女達も気後れし、女の方からあまり彼には近づこうとしないのだ。

美女であれ自惚《うぬぼ》れの強い女であれ、セルゲイの顔を見た後に鏡を見ると、違い過ぎて愕然《がくぜん》としてしまうらしかった。女は自分がそこまで美人ではないとセルゲイに無言で突き付けられ、自信を喪失するのだ。

初めて私は、美貌も過ぎればむしろ足枷《あしかせ》、不幸だと目の当たりにした。

もし、自分がこんな姿に生まれていたら。役者になりたい気持ちもないし、多くの女を引き寄せたい、女を誑《たぶら》かすことを生業《なりわい》にしたいとも願ってないし、やはりあまり有益には活《い》かせないだろうと真剣に悩んだ。

自分の容姿は、別の方向からは得になっているとの自覚はある。なんだかわからないがハッタリは利くと、遠山先生にもたぶん誉められた。

あまりにも外見が良ければ中身も素晴らしいと過剰に期待され、見合うように頑張れる才知や胆力があればいいが、そうでなければただ生き辛《づら》いだろう。

ともあれ私は遠山先生曰《いわ》く、持ち前の陽気な鈍感さといってもいい性質、それをここでも押し出し、セルゲイに近づいていった。もちろん多少は、警戒心も抱いていた。

意外にも、セルゲイは易々と受け入れてくれた。いや、意外でもないか。セルゲイもさんざん修羅場だの生き地獄だのを掻《か》い潜って来た男らしく、私がどのような人物であるか見抜いたというより、直感したらしい。

敵にすれば厄介だから、敵にしないことだ。利用はできるが、利用もされる。こちらのことをわかってくれるが、踏み込んでくる、暴く恐れもある。だから、一定の距離を保ち続けることだ。そんなふうに、セルゲイは無言で語ってくれた。

その直感は、こちらも抱いていた。敵にも競合相手にもならない二人は打ち解け、すぐに交流を持つようになった。

ともに相手の母国語はわからないので、片言の英語や身振り手振りに加え、いつの間にか二人だけに通じる独特の言語もできてしまった。

深い哀しみを湛えて透き通るような瞳と、薔薇色《ばらいろ》とはこれかというような唇から語られるのは、おぞましい血塗られた過去だ。

私はもはや何が正しくて何が間違っているのか混乱してくるし、彼が恐ろしい人か可哀想な人かも境界線が崩れてくる。

セルゲイは、犯罪を武勇伝として声高に大仰に語ったりはせず、といって隠し通すのでもなく、聞かれれば淡々と述べるだけだ。どこか他人事《ひとごと》みたいに、語る。言葉の問題もあるが、卑下もなく虚飾もない。

容姿について誉められても感嘆されても、親父も兄貴達もみんな同じ顔だから、特別な顔とは思えない、などと微苦笑するだけだ。私が知る限り、ただの一度もセルゲイが自分は美しいといっている姿を見たことがない。

女については、本当に語らない。というより、語ることがないようだ。妻も恋人も好きな女もいなかったそうで、男達が集まれば必ずそれで盛り上がるが、商売女との経験もなくはないが、あまりいい思い出ともなっていないようだった。

そんなセルゲイは、どのようにしてここに流れ着いたのか。

父親は物心ついた頃から常に刑務所に囚《とら》われていて、ほとんど接した記憶がない。だからいつの間にか出所後も戻らず、どこかに失踪《しっそう》してしまったと聞かされても、恋しさも憎しみも何もなかった。

どこかで殺されたのかもしれない。セルゲイは、もし殺されていても、それは自分のせいではないと笑う。父親を殺す理由と意味と気持ちがない、と。

並だよ、とセルゲイはいうが、きっと美しいはずの母親は詐欺や非合法な商売などで、やはり何度も捕まっていた。同じく、出所後いつの間にかどこかに行ってしまった。

こちらは殺されたというより、どこぞの男と逃げたという方が現実味があるそうだ。母親に対しては、セルゲイは明らかな愛も憎しみもある。

そんなセルゲイは、背中に刺青《いれずみ》を入れていた。房内の男達はほぼ全員が何かしら刺青を入れていたが、セルゲイのは特に目を奪われた。かなり変わっていたからだ。

赤ん坊の顔と、年配の婦人の顔だ。セルゲイによると、赤ん坊は母親に捨てられた自分で、隣の老婦人は母親に代わって育ててくれた父方の祖母だそうだ。

自分にとって、愛する身内はその祖母だけだという。だから、捨てられた自分をずっと守っていてほしいと背中に彫った。その祖母も、今は亡い。哈薩克斯担の大地で、墓標のない墓に眠っている。

ふと力人は、セルゲイが背中に彫っているのは実は母親ではないのかと直感した。捨てられた自分と、愛する祖母。彫っているのはその二人の顔で、母親はどこにもいない。けれど二つの顔が合わさると、母親になるのだ。

力人には、見えた。だから、言葉にはしなかった。

彫っていないけれど、彫っている。背負っていないけれど、背負っている。美しい酷薄なセルゲイの母親。私はそこまで、親に強い愛憎はない。いささか複雑な感情はあるが、それが自分を蝕《むしば》む毒にはならない。

だから、その刺青には圧倒された。赤ん坊はまさに、天使だった。老婦人も当然のように、美しかった。彫られていない母親が、最も美しかった。

私だけは刺青がなく、セルゲイに冗談で悪者らしく何か彫ろうかといったら、君は刺青などしなくてもいい、そのうち背中に羽が生えるからと返された。

さてセルゲイには三人の兄がいたが、みんな子どもの頃から窃盗や強盗を日常的にやっていた。兄達も散り散りに消えていき、どの兄とも再会はできていない。

セルゲイはなかなか捕まらなかったが、二十歳でついに捕らわれた。そこからは、主に強盗で刑務所を出たり入ったりするようになる。

他の窃盗団や強盗団の上前をはねたり、横取りをしたりで、初めて殺人を犯す。そこから、人を殺すことに大きな躊躇《ちゅうちょ》がなくなった。

重犯罪者ばかりを収監する刑務所に入れられ、たまたま運動場かどこかで女の警官と二人きりになったとき、言葉巧みに騙《だま》して拳銃《けんじゅう》を手に入れ、脱獄した。

女の警官はセルゲイの色男ぶりに蕩《とろ》けたのだろうが、セルゲイはそこのところを自慢にしないどころか、どこか忌々しそうに語った。

そうするしかなかったんだ、拳銃を手に入れるためには。そう、吐き捨てた。

ちなみに女警官は、セルゲイに催眠術にかけられたと供述したそうだ。そんな技が使えるなら、みんな眠らせて楽々と盗めるよ、セルゲイは唇を歪《ゆが》めた。

女警官は、何年か投獄されたらしい。セルゲイを恨んでいるか。今も、恋しいか。無論、セルゲイは女警官のことなど何とも思っていない。

どんな表情をしても、彼は美しかった。むしろ、邪悪なことを語るときの顔の方が官能的だった。女警官も、彼の上辺《うわべ》の甘言や嘘の優しさではなく、きっとどうしようもない純粋な黒さに惹《ひ》かれたのだ。

生い立ち、犯罪行為、それらも必死に聞き取って理解し、知ろうとしたが。もっと他に、彼に関して知りたいことがあるように感じた。

それが何なのかわからず、もどかしかった。そして、こちらが思うほどあちらは思ってくれていないというのは、私をまさに感傷的な乙女のようにさせた。

ともあれもう地元とその周辺にはいられない、捕まれば死刑だと、セルゲイはあえて土地鑑のない地縁のない、南を目指した。

セルゲイは警察だけでなく、泥棒の同業者や昔の仲間にも狙われているので、知った土地には知った奴がいると避けたのだ。

あちこちを荒らして、ここまで辿《たど》り着いた。強盗に入った家の主人が思いがけず猟銃を所持していて、返り討ちにあったというのか。セルゲイは拳銃を投げ捨てて降伏し、ここに放り込まれた訳だ。

さてセルゲイが取り調べなどで房を出ているとき、セルゲイを以前から知る者達が、もっと細かく私に向かって話の補正をしてくれたり、真偽の定かでない噂話も聞かせてくれた。やはり、セルゲイは何かと注目されてしまうのだ。

そんな話の中には、さらにセルゲイに惹かれる内容も多かった。

たとえば仲間とともに強盗に入った家にきれいな娘がいて、仲間の一人が暴行しようとしたら、そういうのはやめとけとセルゲイは止めた。

女には優しい。というのではない。平気で女を騙すし抵抗されれば殴って金品強奪もするが、性的な暴行だけは決してしないらしい。

セルゲイの悪事を見た人はたくさんいても、セルゲイの女、セルゲイが惚《ほ》れた女というのは、本当に見た人がいないようだ。

金品の強奪目的以外で女に乱暴しないのは、何かの信念なのか、それをしなきゃ捕まらないといった縁起担ぎ、まじないに近いものなのか。

いや、真に彼は女に興味がないのだ。セルゲイが好きな女は、祖母だけではない。祖母よりも、母親だ。それは誰がいったのだ。窓辺に来た鳥が、人の言葉で叫んだか。

哈薩克斯担との国境で山賊をしていたという中国人は、あいつは時折、奇妙な気まぐれを見せることで知られていたし、気味悪がられていた、と耳打ちしてくれた。

押し入った先に病人がいたら、ここはやめておこうと隣家に変更するとか、自分が怪我をさせた相手に手当をしてやるとか。

たまたまセルゲイの犯行現場に居合わせたことがある、という朝鮮系の男が、達者な日本語で教えてくれた。セルゲイは、自分のことなど覚えてはいないだろうが、と。

あるカフェーにセルゲイは仲間を連れて押し入ったが、仲間は店の主人に銃で撃たれてしまった。セルゲイは、足手まといだからと躊躇なくその仲間の頭を撃った。そのときセルゲイは悲しそうに、こういって逃げた。

たぶん、誰かがそうしたかったのだろう。

これを聞いたとき、私は奇妙なほどに心を摑《つか》まれた。実際にセルゲイの口から聞いたのではなく、目撃者の話であるが、自身もその場にいたかのように耳の奥に刻まれた。彼の奇妙な気まぐれは常に、その台詞《せりふ》に要約されるのかもしれない。目撃者によると、セルゲイは間違いなく自分の意志で、自分の銃で仲間を撃っているのだ。誰かに命じられたのではなく。

何者かを名指しするのではなく、誰かが、という奇妙な曖昧《あいまい》さだ。しかもその前に、たぶん、と付けている。何重にも、曖昧だ。

何度も、その中国人にそこを確認した。確認せずに、いられなかった。中国人もまた、鮮烈に記憶している、と繰り返した。

セルゲイが邪神のような存在を信じていて、その者に命じられれば絶対にやるしかなかった、という、狂っていても強固な信念のもとに遂行したのではなく。

たぶん誰か、というのも曖昧模糊《あいまいもこ》としているし、そうしたかったのだろう、とは、まったくもって他人事《ひとごと》だ。しかしセルゲイはずっと、その誰かとともにいて、誰かのために犯行を繰り返しているのではないか。私は南国で、背筋が冷えた。

それは背中の無垢《むく》だった赤ん坊の自分や、唯一愛しているという身内の祖母でもなく、合わさって浮かび上がる母親なのか。

だがセルゲイは決して、邪神を信じているような素振りは見せない。自分はありふれた悪党だ、金が欲しいだけだ、やはり悲しげに微苦笑するのみだ。

あるいは、誰かというのは自分の中にいる何者か、それは他人からはセルゲイでしかないが、セルゲイにとっては別の誰かを指しているのか。

力人は、その話を本人に向かって掘り下げられなかった。語彙《ごい》や語学力の問題もあるが、セルゲイの抱える闇の核心に触れるようで怖かったのもある。その誰かが実体化する、といった怪談じみた想像にも囚《とら》われた。

あっさり、そんなことはいってない、聞き間違いだ、あるいは、目撃したといってる奴はくだらん嘘をついている、と返されることも予想した。

何より私は、自分でセルゲイの謎を解きたかった。どうしようもない陰鬱《いんうつ》かつ殺伐とした獄中で、まさに「誰か」が欲しかった。それは敬愛する遠山先生や故郷の家族、支援者の面々とも違う。

自分でも戸惑うが、セルゲイは憧《あこが》れの人、といった存在に近いのだった。師事する遠山先生とも、また違う。自分もこうなりたい、と思わせることはない。

あまりにも自分とかけ離れているから、知りたいのもある。なのにどこかに自分に近いものも伝わってくるから、その血の色を確かめたくもなる。

といって私は男に対してそのような気持ちを抱いたことはなく、性的な指向は女だ。それはたぶん、セルゲイもだ。セルゲイが女にあまり関心がないからといって、では男が好きかとなると、それも違うようだ。

セルゲイはあまり、男女を問わず他人に関心がない。そこもまた、性別がないとされる天使じみていないか。

私は昔から、天使とは慈悲深い存在ではなく、むしろ酷薄な存在であると見ていた。自身に感情がないからこそ、大いなる神の使いなどができるのだと。

セルゲイの途轍《とてつ》もない残酷さ凶悪さと、それでいて不可思議な聖性や清らかさともいっていい何かは、私を今まで知らなかった世界へと手招きしていた。

あれはいつだったか。セルゲイは珍しく、父親の思い出を語ってくれた。父は射撃の名手で、獲物として獲《と》るだけでなく、増えすぎた野生の獣の駆除も頼まれていた。駆除が目的のときはまず、牝《めす》を撃つ。牝は出産するからだ。牝の次には仔を撃つ。仔は牡《おす》か牝かわからないからだ。最後に、牡を撃つ。

うちの父が凄《すご》かったのは、一発の弾で三頭を仕留めるのが得意だったことだ。三頭が並んで重なったところで、先頭の奴を狙う。弾は突き抜けて三頭目までを殺せる。

奇妙に、この話は心に残った。もしかしてセルゲイが女を殺さないのは、まさに子を産むからではないか。セルゲイは、人間を駆除しようとは考えていない。

むしろ獲物には増えてほしい、だから女は殺さない。

なのにセルゲイは、一人殺すのも三人を殺すのも同じだと思っている。快楽で人を殺したがるのではない。手間が省ける上に弾の節約にもなるから、できれば一発で三人を仕留められたらと、いわば合理的に願っているのだ。

　さて私は、ついに異国の監獄を出られる日が来た。井志子社長は少し体調を崩して現地まで迎えには来られなかったが、保釈金もすべて払い込み、身元引受人の受諾も済み、晴れて放免となった。

　没収されていた荷物も、ほぼ取り戻せた。何よりも、写真機が無事に返されたのは助かった。文章の下手な自分の代わりに、写真機が正確に旅を記録してくれる。

　ここを出られることになったと告げたとき、セルゲイは良かったな、と屈託なく祝いの言葉をいってくれた。そんなときのセルゲイは、本当に天使のようだ。

　冒険もいいが、日本に無事に戻れるよう祈るよ、ともいって握手してくれた。

　私は、セルゲイもそのうち出られるよ、とはさすがにいえなかった。このままここに囚われ続けるのか、故国の監獄に送り返されるのかはよくわからないが、彼の罪状を鑑《かんが》みれば、判決は極刑しかないのだ。

　そこで私は、僧侶《そうりょ》のふりをするうちにすっかり板についてきた所作で、経文を唱えてやった。これは君の健康と安寧を祈るものである、そして自由を手に入れられる呪文ともなるのである、と。

　同じ房の者達も、神妙に手を合わせて聞いていた。セルゲイも、微《かす》かに困惑した表情ではありつつも神妙に聞いていた。

　例によって、子どもの頃から唱えていた、家が信心していた宗派の経文に加え、耳で覚えた緬甸の意味の分からない経文も混ぜ、遠山先生の好きな浪曲の節もつけた。

では、と切り上げようとしたとき、なぜか唐突に私の口からは、セルゲイの故郷の言葉が流れ出てきた。

父だ、セルゲイは呟《つぶや》いた。そう、父はもう死んでいるんだ。

私は自分の口から出た言葉の意味を解せなかったが、セルゲイによると死んだ父が力人の口を借りて、死んだときのことを語ったといった。

たぶん、誰かがそうしたかったのだろう。

哀しげに、セルゲイはそういって少し唇を歪《ゆが》めた。私は房を出ると、ほぼ戻って来た荷物を背負って振り返らず、前だけ見て進んだ。

監獄を出るとき、振り返ってはいけないとはよくいわれる。戻ってきてしまうからだと。

私はそれが怖いのではないのに、振り返れなかった。

セルゲイの父親が、無残な姿で立ち尽くしているのが感じられたからだ。その姿は、実に惨《むご》たらしいものだった。セルゲイ、お前が……やったな。一人の顔に、三発も撃ち込まなくてもいいじゃないか。

そして私は、真っ直ぐに井志子社長の待つ新嘉坡に向かわなかった。今しばらく、印度を放浪してみようと決めた。——

＊

「ああ、これは」

読んだ楠子も、まったく晴之介と同じことを考えていた。

「今、力人さんはセルゲイとやらと一緒に居る」

同時に、二人は同じ言葉を発していた。

前回の手紙では、力人は出獄して一人で印度に渡ったような記述だったが、この帳面や手紙を投函《とうかん》するまでの間に、セルゲイとやらと行動を共にしていたのは、書いていなくても察せられた。

書かないのは、書けないことがあるからだろう。

「セルゲイはまた、何らかの方法で脱獄したな」

本当に、彼は催眠術みたいな技がつかえるのかもしれない。晴之介は腕組みする。

「力人さんが、手助けしたか」

楠子が、晴之介の思ったことをそのまま口にする。

「まさか、組んで強盗なんぞ、しておらんじゃろうなぁ」

「それは、探険家ではなくなってしまうで」

春日野力人が盗賊団に入って悪事を働けば、彼の冒険記を代筆して原稿料をもらい、全国紙に掲載してもらい、そこから創作に進めて、という計画が潰《つい》えてしまう。

いや、それはそれで逆に力人の帳面を持つ自分に、執筆の好機が来るかもしれない。すっかり力人がセルゲイと組んで強盗になっている、と決めつけてしまっていたが。いくらなんでも、力人はそこまで道を逸《そ》れはしないだろう。

敬愛する遠山先生がそれを知ったら、たちまち破門は間違いない。遠山先生はすべてを賭《か》けて、日本の明るい未来を拓《ひら》こうとしているのだ。その開拓者、探険家の一人として力人を信用して目をかけ、送り出したのだ。

力人にとって、遠山先生に失望され追放されるのは、真に恐れることだ。

晴之介が親に勘当されるのはまだ許容できても、楠子に捨てられ逃げられるのは耐え難いようなものだ。

それより心配なのは、セルゲイにあっさりと殺されていないかということだ。それこそ、誰かがそうしたかったのだろう、と微笑まれながら。

力人が想うほどには、セルゲイは想ってくれていない。

二人の関係性を目の当たりにしたのでもなく、セルゲイを実際に見たこともないが、その意見もまた楠子とぴたりと同じなのだった。

楠子は確かに、力人に対しての憐憫《れんびん》の笑顔を作った。

「だからこそ、力人さんは余計にセルゲイに惚《ほ》れるんじゃ」

何はともあれ、一か月ほどして力人からの音沙汰《おとさた》がなければ、遠山先生だの共通の知人だのに探りを入れてみようと決め、ひたすら帳面の文面を書き写し、手直ししていた。

セルゲイの箇所は、事実をなぞっているのか、いつの間にか自分で小説を書いてしまっているのか、例によって途中でわからなくなってきた。

なんとなく引きずられ、自分までセルゲイに懸想しているのに気づく。見たこともないセルゲイの美しさに、自分も見惚《みと》れた気になっていく。

ところが一週間ほどして、また力人から次の帳面が届いた。相変わらず読みやすい字ではあったが、急いで書いたことと、考えに手が追い付いていない散らかった感じは、はっきりと増していた。

投函した場所は、緬甸でも印度でもなく、新嘉坡になっていた。なんとはなしに、安堵《あんど》する。井志子社長とやらに世話になっているなら、無茶はしておらず危険な目にも遭わず、衣食住の不自由もないだろう。

いずれにせよ、力人は強盗にはなっていなかった。力人の記述を信じるならば、だが。

なんといっても、生きていた。少なくとも、牢獄《ろうごく》を出てこの帳面に書いているときまでは。投函するところまでは、といいたいが、投函は別人にもできる。

ともあれその帳面は、新嘉坡に引き返して井志子社長宅で世話になり、骨休めをしながらも商売の手伝いをしたり、雑用も引き受けたり、絵葉書の作成などもして旅費を稼いでいる、といった身辺雑記に近くなるのだが。

行間から、大事なこと、肝心なことを隠しているのは漏れ出ていた。

子ども達に柔道を教えただの、逆に踊りを習っただの。村祭りに参加して女装までした。それらも絵葉書にするので楽しみにしてほしい、そんな呑気《のんき》なことを書きながらも、不穏な雲行きが読み取れるのは何故だ。

なんといっても、ここから香港を経由して、いよいよ帰国の途に就く、ともある。

早ければあと一か月か二か月で、力人は日本に戻ってくるのだ。再び会って密談し、力人名義の原稿を新聞社などに渡さなければならない。

「愚図愚図できんな。早《はよ》うに、まともな旅行記を書かにゃ」

それにしても不思議なのは、この帳面には一切セルゲイが登場しない。獄中に囚《とら》われたままだから、といえばそうなのだが。

あれほど執着していたセルゲイが、いなかった人のようになっているのは少し変だ。回想や、その後の噂などもないのか。

「力人さんの背中に、セルゲイさんが彫り込まれとったりしてな」

楠子は、晴之介の背中にしがみつくようにする。

「セルゲイさんの刺青《いれずみ》と同じく、彫っとらんのに、彫っとる。という形になっとるかもしれんよ。それが、『誰か』に変わるんかもしれん」

晴之介は目を瞑《つぶ》ると、背中にしがみついているのが楠子であって楠子でない、と鳥肌が立ってきた。その誰かに命じられたら、いや、たぶんそうしたかった、くらいの軽さで殺人や強盗を囁《ささや》かれたら。

もしかしたら自分も、たとえばみっちゃんが背中にいつの間にか、見えない形で彫り込まれているのかもしれない。

それはみっちゃんみたいな、でも違う誰かに変化し、強くではないのにその誰かの思うがままに書かされるかもしれない。

それこそが、キバコなのか。

力人からの便りと、出版社からの連絡を心待ちにしているところに、思いがけない便りが届いた。心は、弾みも沈みもしなかった。ただ、戸惑った。

断絶状態にある故郷の父親からで、そろそろ顔を見せに戻って来いとのことだった。どうも、親も歳を取ったと感じることが多くなり、いろいろ不安になっているらしい。

普通に考えれば、嬉《うれ》しい便りであろう。和解を向こうから持ちかけてきているのだ。

本来なら、こちらから畳に頭を擦りつけるところだ。

手紙によると、母も待っているし、兄と姉も心配しているとのことだ。心を入れ替えるなら、こちらで働く手はずを整える、とあった。

だが晴之介は、心は重かった。まだ、小説家としての結果を出していない。しばらく文芸誌と遠ざかり、稿料をもらえていない今現在は、自称小説家でしかない。

親はそれでいいといっているのだが、晴之介自身がそれを良しとしなかった。

自分でもわかる。自尊心の問題というより、変に意地っ張りという性質のせいだ。

だが、この変な意地っ張りという性質が抜け落ちてしまったら、自分はとことん堕落していってしまう恐れがある。

今はまだ、春日野力人の代筆をすることも隠し通さなければならない。力人に手紙を出して、今後は帳面や手紙は岡山の実家に送ってくれと頼めば、それはそうしてくれるだろう。岡山の実家にいても、執筆はできる。

だが、楠子を置いていけない。いや、楠子は生活力、甲斐性《かいしょう》もあり、なんなら自分がいない方が生活は楽になるというものだ。

それでも楠子を置いて行けないのは、まるで見捨てるように感じてしまうからだ。

正直、楠子が別の男の許《もと》に行ってしまうかもしれないと、まだ居ない男にきりきりと焼《や》き餅《もち》も焼いてしまう。

といって、楠子を嫁だと連れて帰れるか。世にも珍しい完璧《かんぺき》な美しい両性具有というのは、田舎町の名士で古風な考えを持つ親が喜んで受け入れられるものではない。もちろん親は、最初から楠子を美しい女だと思うだろう。というより、楠子を見て両性具有だなどと想像もできないはずだ。

美しさには、素直に感嘆するに違いない。元々の素質に加え、接客業で培った礼儀正しさや機転の利く会話術などに感心もするだろう。

だが、正式に妻として迎えるかとなれば、あり得ないといい切れる。隠し通せるものではない。親は必ずや、楠子の出自を調べ上げる。不義の子、孤児院で育った、これも親にとっては美貌《びぼう》や愛嬌《あいきょう》、賢さでは補塡《ほてん》できない。

さらに、戸籍上は男である。本名は男名前であるなどと知られたら。楠子より、もはや晴之介を責めるかもしれない。そもそも、男同士は婚姻できぬ。

なんという者にひっかかった、お前は頭がどうかしているなどと、酷《ひど》いことをいうのが想像できる。楠子がどれほど理性があり気丈でも、傷つくのは目に見えている。

なんといっても今の晴之介は、そんな楠子に食わせてもらっている立場だ。親に堂々と自分の考えなど述べるのも、小説家として名を成す以前に、せめて自分の力で生計を立てられるようになっていないと、偉そうなことをいえた義理はない。

そうだ。自分が小説家として成功し、名声と金を得ていればよいのだ。堂々巡りのような、最初から最後まで話はいつも同じなようなな、ともあれ晴之介は親が和解を申し出てきているのを楠子にはいえなかった。

親には、そのうち帰ると適当な返信をしておき、ますます力人の帳面に没頭した。これを書いているときは、浮世を忘れられた。成功を夢見ることもできた。

ふと、果てない旅を続けられる力人がうらやましくなる。もちろん、じゃあお前も世界探検をやれといわれれば、無理に決まっている。

そうして当然ながら、力人には力人の苦闘があるのだ。お気楽に物見遊山をしているのではないし、様々な責務を背負ってそれを果たそうと命懸けなのだ。

虚弱体質というほどでもないが、体力や膂力《りょりょく》、胆力に自信はない。野宿も一人旅もしたことがなく、行く先々で旅費を稼ぐなど、想像しただけで途方に暮れる。日本においても、貧困生活はできないように生まれついている、根っからの高等遊民だ。

セルゲイに対峙《たいじ》したら、見惚れる前にたちまち虫のように殺される。

たぶん、誰かがそうしたかったのだろう。

セルゲイはきっと心から悲しそうに、死にゆく者を見つめるのだ。

第五章　暗黒望郷歌

雨の季節も過ぎ、蟬時雨が降ってくる七月に入ったが、国中が曇天の下にあるような雰囲気は続いていた。毒虫の毒が、さらに増していく気配がある。

新聞にも載っているから、本当なのだ。おいたわしい噂が、現実のものとなりつつあった。天皇陛下が、かなり御容態が心配な状態であると。

近所にこれほど神社があったかというほど、参拝者が列をなすようになった。無論のこと、寺にも拝みに行く者は増えた。

歌舞音曲は控えるようにとのお達しもあり、奇妙な静けさのある夏だった。

「もしもーし、光金さんを訪ねてきた人がおられますよ」

階下の主人から呼ばれて階段を下りていったとき、晴之介は足元に魔界が広がりゆく錯覚に震えもしたし、すでに自分はどっぷりと異界に落ちて首だけ辛うじて出しているのかもしれないと戦慄《せんりつ》もした。

「いや、ほんまに春日野力人さんよなぁ」

路地に立っていたのは、見覚えのある黄土色の探検服を着た力人だった。同色の探検帽子を深く被《かぶ》り、髪と髭《ひげ》はますます伸びて濃くなり、ほとんど顔を覆ってしまっている。

足元の影が、異様に濃い。まるで、別の誰かを引き連れてきたようだ。

髪と眼の色がやや薄くなっているのは、気のせいなのか、もしや強い陽射しと、眼病のせいか。視力はさほど、落ちてはいないようだけれど。

これも見覚えのある、黄土色の探検服と同色の背嚢《はいのう》は、あまり荷物は入ってない様子だった。大事な写真機などは、盗まれたか売ったか失くしたか。長靴はだいぶ汚れて傷んでいるが、これも見覚えがある。

思えば力人にはただ一度しか会ってないが、国籍も年齢も不詳な顔立ちと雰囲気は変わっていない。だが、力人は真っ直ぐに晴之介を見据えても、一言も発しなかった。

「なんでも、喉《のど》に怪我を負ったとかで」

大家でもある階下の店の主人が、割って入った。後から、主人は力人から先に帳面を見せられていたのだと知る。

ここの主人も遠山満鶴先生を熱く支持し敬っているとかで、その門下生だという力人に対し最初から信頼を寄せ、好意的だった。遠山先生の命令で冒険してきた、さらに体調を崩したと聞き、同情し心配もしていた。

「確かにこちらは遠山先生が特に目をかけている門下生で、私とは、その、同郷のよしみでの付き合いがあります」

「それはそれは。光金さんも、ただのお気楽な高等遊民かと思っていたら、なかなか硬派な交友関係もあったんですな」

大家と話す晴之介に、力人はいきなり帳面を突き付けてきた。髭の間から、首に巻いた包帯が覗《のぞ》いた。やけに白く、生々しかった。

南国を旅してきたので、記憶の中の力人より日焼けしていた。包帯の異様な白さは、その対比もあるのだろう。

振りむけば背後に立つ楠子も、同じくらい白い顔で力人を凝視していた。

「よう、帰りんさった」

御無事で、お帰りなさいませ。楠子は、岡山風に囁《ささや》くようにいった。しかしこの言葉には、よく帰れたものだ、という驚きと、微《かす》かな忌避も含まれていた。

力人は、ずっと黙っていた。ともあれ晴之介は、帳面を読ませられる。そこには確かな力人の字、見覚えある文章があった。

いつもの如く走り書きに近いものばかりだったが、要約すればこうなる。

――突然に異様な風体で私が帰国したことを、さぞかし驚かれたことだろう。何事ぞ、何があったかと不審に思い、もしや異郷で旅を続けられないほどの悪事を働き、お尋ね者となり、這《ほ》う這《ほ》うの体で逃げ帰ったかと疑われるかもしれない。

それは違うと、はっきり申し上げておく。ただ、諸般のやむを得ない事情があり、不可抗力の揉《も》め事《ごと》にも巻き込まれたのは確かだ。

繰り返すが、心身の頑強さだけが取り柄だった私も、異国で過酷な環境に置かれ続けたため、心身ともに疲弊してしまった。

這うようにして、新嘉坡の井志子社長の許《もと》に辿《たど》り着いたときは、井志子社長もすぐには私のことが私だと判別できなかったほどだ。体重が激減したため、人相も変わってしまっていたし、記憶も途切れがちになっていた。

それでも井志子社長の御宅で世話になり、療養させてもらってかなり回復した。もちろん井志子社長も何くれとなく気遣いをしてくれたが、なんといっても、みっちゃんだ。

井志子社長の会社や商店で使われている女、自宅で家事手伝いをしている日本女性は何人かいたが、みっちゃんはその一人だった。

主にみっちゃんが、私の看護をしてくれた。妙齢のなかなかの可憐《かれん》な容姿で、元は遊郭に売られて来たか、こちらに渡って来た日本男に連れられてきたのか、その辺りは定かでないが、ともあれ心優しきしっかり者で、すっかり頼り切ってしまった。

されど私は熱と疲労感と倦怠《けんたい》感で、常に夢か現《うつつ》か幻かというふうに頭に霞《かすみ》だか靄《もや》だかがかかっていて、みっちゃんとどのような会話をしたか鮮明には覚えていない。

ただみっちゃんが、岡山の出だというのは強く印象に残っている。なつかしい故郷の言葉で話してくれたみっちゃんが、光金さんを知っていたかどうかはわからない。知っていたような、知らなかったような。いろいろと、みっちゃんにも霞や靄がかかる。

そのみっちゃんが、強く帰国を勧めてくれた。故郷で静養せねば完全には治らないと、半ば脅すようにも囁いた。みっちゃんは枕元で語ってくれる昔話や四方山《よもやま》話がたいそうおもしろく、巧みでもあった。

みっちゃんの語る日本の話に、私の里心は膨れ上がった。どうにも帰りたくてたまらなくなり、井志子社長に相談したところ、賛同してくれた。

ちなみに、私がすっかり起き上がって歩けるようになった頃、みっちゃんは忽然《こつぜん》と姿を消してしまった。井志子社長に聞いても、うちにみっちゃんと呼ぶ女はいない、などと怪談じみたことをいう。

看病してくれた岡山の出の女だといっても、熱で夢うつつの中、いろんな女が混じり合って、みっちゃんという女を作り上げたのだ、あるいは別の女をみっちゃんという女だと間違え、思い込んでしまったのだなどという。

私を主に看病していたのは、現地の女であるともいう。この女だと引き合わされたが、笑い皺《じわ》の深い浅黒い肌の老女は、絶対にみっちゃんではなかった。

みっちゃんに関しては、深く追及してもどうしようもないことなので、いったん忘れることとする。またいつか、思いがけない形で再会できると信じて。

さて、すっかり歩き回れるようにもなったが、病気と怪我で耳が聞こえにくくなり、声も出にくくなったままだ。これは療養で治るとはいわれているが、打ち合わせや会合、ましてや講演などは無理である。普通の会話も、難しい。

手も、不自由になった。まったく動かないのではなく、箸《はし》は無理でも匙《さじ》は持てるので食事も一人でできるし、戸の開け閉めもできる。あらゆる面で、付きっきりの介護は必要ないが、多少の手伝いはお願いしたい。

筆記具を持って字を書くことは難しいので、執筆などもまだできない。

書き溜《た》めていた旅行記とフィルムはすべて光金晴之介さんに託すので、書き起こし、絵葉書として売ってほしい。取り分は、半々でお願いしたい。残念ながら、写真機そのものは旅費のために手元を離れてしまった。

なお、まだ実家の親や遠山先生、記者などには会いたくない。大した成果もあげられず、というのもあるが、そもそも会話ができないからだ。

ここまで甘えていいものか躊躇《ためら》うが、しばらく光金さんの許で静養させてもらえないか。ある程度の生活費は持っていて、お渡しできる。

とにかく、しばらくは人目につきたくない。多くの人に今も力人は世界を探検中だと思わせたいので、そこの所をよろしく頼みたい。

静養して会話ができるようになれば、改めて関係者に挨拶《あいさつ》に出向くつもりだ。

なお、医者は必要ない。静養だけで充分だ。幼少期から薬は体質に合わない物が多々あり、余計に具合が悪くなることがあった。

それから、子どもの頃から銭湯が苦手で、衛生面には気を付けるが、どうか盥《たらい》の水で体を拭《ふ》く、隠れて行水するだけなのを許してほしい。——


手紙に出て来た、岡山の女みっちゃん。これに関しては、楠子もあえて触れずに黙っていた。晴之介も、口に出せなかった。はっきりと、不吉な予感に囚《とら》われた。

突然に現れた力人その人よりも、手紙の中だけのみっちゃんが、禍々《まがまが》しい存在感を放っていた。どう考えても、そのみっちゃんが力人を日本に送り返したのだし、何なら岡山の光金家にまで行かせようとはしていないか。

力人には、酔ったときにみっちゃんの名前を出した気はするが、はっきりと、みっちゃんを文章に書いたこともない。だから力人は、本当に新嘉坡でみっちゃんに会ったのだ。

果たしてそれが、晴之介の恋しいみっちゃんと同一人物なのか、まったくの別人なのかはわからないが。どちらにしても、不穏な匂いを漂わせてくる。

「みっちゃん、という呼び名はそんな珍しいもんじゃないしな。岡山の出じゃという女も、何千人とおるじゃろう」

晴之介は自分で自分にそういい聞かせてみるが、枕元で語る話がおもしろい、という岡山のみっちゃんはどれほどいるか。

その日は、力人を二階の部屋に泊めてやった。なんとも奇妙な居心地の悪さだった。力人が大柄なのもあるが、とてつもない異物が部屋の中にいる。

以前会った力人は、人好きのする人物で、さすがといいたくなる話術の巧みさ、座持ちする愛嬌《あいきょう》があったが、今そこにいる力人はあまりこちらのいうことも聞こえていないようだし、一言もしゃべらないのだ。

本来なら、夜を徹して酒を飲みながら抱腹絶倒の旅行話、小説家にも書けない冒険譚《たん》を聞き、大いに盛り上がって友情も温められただろう。

力人の人となりや生い立ちももっと深く知り、晴之介も自分をさらけ出し、いろいろ学びもあっただろう。楠子を改めて紹介し、なんなら力人もどこかの国で似た存在に会ったという話まで出て来るかもしれないと、期待した。

何より、今後の代筆する旅行記についての打ち合わせをしたかった。それは大袈裟《おおげさ》でなく、晴之介の作家生命、ひいては今後の人生も懸かっているのだ。

なのに力人は、楠子が階下の店から運んできた料理は匙で食べたものの、疲れていると身振り手振りで表し、すぐに寝入ってしまった。寝具は一つきりなのだが、そのまま畳に寝転がってしまった。

「美味《うま》いじゃろ」

といういう呼びかけにすら、答えない。何かを誤魔化すように、首を傾げるだけだ。その言葉の意味すら解していないふうでもあるのが、戸惑いを膨らませていく。

楠子が外で働いている間は、そんな力人と二人きりだ。どうにも落ち着かず、といって心も弾まず、筆もかえって進まなくなった。

「力人さん、楠子のことはすっかり忘れとるな」

「一度も会ったことがない、というふうな空気があるよ」

思えば楠子は、最初から鋭いことをいっていた。

ともあれ記憶の中よりもっと茂りに茂った髭《ひげ》と、波打つ豊かな髪に覆われ、顔がはっきりと見えないのも、晴之介の居心地を悪くする。

ばっさり切ってやりたい、剃《そ》ってやりたい。だが、それは躊躇いもある。力人とは違う顔が出てきたら、と想像してしまうのだ。

まさか、キバコが。そんな怖すぎることを想像する自分を、殴りつけたい。

「その服じゃあ、暑かろう」

浴衣《ゆかた》を貸してやったら、黙って受け取ったものの、わざわざ階下に降りて便所にこもって着ていた。その着付けがまた変で、晴之介が直してやった。

「長らく日本を離れとるうちに、日本のことを忘れてしもうたか」

軽口をたたいても、反応は鈍い。やはり、手が不自由になっているのだと気の毒にもなったが、本当に浴衣の着方を知らないのでは、とも思わせた。そんなはずはないのに。

ずっと力人は、押し黙っていた。不機嫌なのではなく、ただ黙っていた。

「着る物もじゃが、その髪と髭もさっぱりさせますかなぁ」

思い切って、身振り手振りで、髪を切り髭を剃る真似をしてみせる。そのときだけははっきり、力人は大きく手を振って拒絶した。

「何かの願掛けじゃろうか」

ただ、そのときだけは力人も微《かす》かに笑ったので、少し安堵《あんど》した。晴之介もまた、自分からいっておきながら安心した。髭と髪は、このままでいる方がまだぼんやりとしている怖さの核に迫らずに済む。

「陛下のご容態も、心配じゃしなぁ」

楠子が帰ってくる夜中まで、うわの空で文机《ふづくえ》の前に座ってはいたが、ほぼ何も書けなかった。力人も気まずさは感じているようで、階下に降りていった。

力人は晴之介が貸してやるといった下駄をはかず、暑いのに例の長靴を履いてふらふらと、商店街や近所周りを散歩している。

部屋の隅で寝ていても、力人には強烈な存在感と違和感があった。

ときおり、何か寝言をいっていた。ほとんどしゃべれないといいながら、けっこう大きな声だった。何をいっていたのかは、まったく聞き取れなかった。それは寝言だから、というだけではない。

「外国語のようじゃった……」

小腹が空いて、階下の店に海老《えび》の天ぷらなど買いに行ったら、主人の妻に呼び止められた。主人と姉弟《きようだい》みたいに似ている愛嬌あるおかみさんは、ちらちら二階に目をやりながら、妙なことをいった。

おかみさんは最初から、亭主と違って力人をちょっと怖がっているし、胡散臭《うさんくさ》い異邦人として遠目に眺めていた。

「ときおりこの辺りに古着や古道具を売りに来る、朝鮮の行商人がいるんだけど。お宅に泊まってるあの大きな人、朝鮮語でしゃべってたわ」

そのとき背筋に、ぞくりと来るものはあった。力人の好きなセルゲイは、確か母親が朝鮮系だったような。いや、それとこれとは関係ない、はずだ。

慌てて晴之介が必死に言い訳をし、かばうようなことを並べ立てた。

「いや、あの人は世界を旅しとるんで、英語はもとより中国語に朝鮮語もできるし、他にもなんかかんかしゃべれるんですらぁ」

　自分で自分を説得している、そんなふうにもなってきた。自分の口による力説を自分の耳に聞かされていると、どんどん疑いの念は打ち消されていく。

　あれは力人だ、力人以外の誰だというのか、と揺るぎないものになっていく。

「はー、なるほどね。そういう晴之介さんは東京暮らしが長くなっても、いつまで経っても岡山の言葉しかしゃべれないのねぇ」

「いやぁ、犬と猫の言葉もわかりますで」

　なんとか笑い話、冗談にしてその場は終えたが。一人っきりになって黙り込むと、むくむくと湧き上がる身の内の黒雲に、力人と二人きりになるのがますます恐ろしくなった。

「ありえん。生きた幽霊とでもいうんか。馬鹿馬鹿しい」

　心の中で自分を怒鳴りつけたが、晴之介は楠子が帰ってくる頃合いを見計らい、外で待っていた。街の真ん中でも、夜中は闇があちこちに蟠《わだかま》っている。

　何か途方もなく恐ろしいことが起きている予感というより実感に、震えた。

　今までは、自分は安全地帯にいたのだと身に染みた。冒険しているのは力人で、自分は神田の狭いながらも平穏な部屋にいられた。

　恐ろしいものと対峙《たいじ》するのは常に力人で、自分は楠子にも守られながら、ただ机に向かっていられた。怖いものなど、想像の中のキバコくらいだ。

今は、何かが違う。すでに自分も、世界ならぬ魔界に放り込まれ、得体の知れない獣や物の怪《け》や、知った人の姿をしていても言葉が通じない存在と向き合っているのだ。

今の自分は、まさに異郷の密林にいるようなものではないか。あるいは砂漠、もしかしたら監獄も間近で、一歩踏み外せばハレー彗星《すいせい》の去った方より遠い冥界《めいかい》だ。

戻って来た楠子は猫のように光る眼で、じっと晴之介の顔を覗《のぞ》き込んできた。

「なんじゃろ、我が家が監獄のように思えてきてな」

「とりあえず、うちに置いとくのは難儀じゃわ。あちらさんも、居心地が悪かろう。近くの旅館を借りるか、大家さんに頼んで別の安い部屋を見つけてもらうか」

楠子の手の温《ぬく》もりと感触だけが、自分をこの世に繋《つな》ぎとめてくれるようだ。

そこでつい晴之介は、実は岡山の親が戻れというとる、とも口にしてしまった。今までは、しばしの間さらなる面倒事は避けたいと、放置していた。

先日また、催促の手紙が来た。あまりに知らん顔をしていると、親の方からこっちに乗り込まれるかもしれない。隠したいものが、二人もいる。

「なんか、狙《ねろ》うたように面倒事が重なったようじゃ。いや、力人さんを面倒などというては、いかんのじゃが」

楠子と屋台で酒を飲んでいるうちに、いつの間にか晴之介が力人を連れていったん岡山に戻り、東京で大変に世話になった友人として紹介する運びとなった。

「面倒と面倒をぶつけるようじゃが、意外と相殺されたりしてな」

恩人が体調を崩してしまったので、しばらく住まわせてやってくれないか。東京は家賃が高いので、と頼んでみよう。そんな流れになった。

慌てて、その旨を親に手紙で送った。どこから思いついたのか、なかなかの妙案であると自負した。面倒なものをまとめて遠くにやれる、とりあえずなんとなく双方を収められるようではないか。

「同時に、わしの帰省もできるしな。うちの母屋にも、離れにも、使《つこ》うとらん部屋はなんぼでもあるしな。なんなら、うちの貸し家もある」

「そんなん聞いたら、やっぱり晴之介さんは分限者の子じゃなぁとため息が出るわ」

「いやいや、そこの不肖の息子じゃけ」

親元へやるのも不安といえば不安だが、親は二人きりではない。あちらには使用人に親戚《しんせき》に近所周りの者にと、とにかく大勢がいる。

「力人さんの耳が聞こえて口がきけるようになって、手もちゃんと元に戻りゃあ講演会もでき、各地を回れるようにもなれるで」

「なんなら晴之介さんの親御さんに頼んで、医者に診てもらえるようにしてもええんじゃないの。愛嬌《あいきょう》とハッタリが戻ったら、うちらも気楽になるじゃろ」

「そうじゃな、力人さんの素性は伝えても、自分が旅行記の代筆をするんは、今しばらく内緒にしておかねばな。さあて、思い立ったが吉日じゃ」

自分を奮い立たせるように、明るく話す。しかし、力人が朝鮮語をしゃべっていた、というのは楠子にはいえなかった。

これをいうと、途轍《とてつ》もなく恐ろしい現実が空を真っ暗にしてしまう。無謀なところもあるのに臆病《おくびょう》な晴之介としてはもう少し、怖いことを先延ばしにしたい。

もっといえば、陛下の容態を報《しら》せる新聞を見せても、力人は眉《まゆ》一つ動かさなかった。当代きっての国士である遠山満鶴の門下生で、日本の未来のために命を懸けたい男が、陛下の容態に関心がないなんて、あり得ない上にあり得ないのだ。

「うん、力人さんも体調が悪いんじゃもんな」

怖がる自分を、怖がるなといってくれるのは、まずは自分だ。そのときふと、そもそも力人は陛下に関心がない以前に、もしや陛下そのものを知らないのではと閃《ひらめ》いた。

途方もない疑惑が持ち上がり、意味なく裸足《はだし》で駆け出したくもなった。

これを楠子に相談するのも、躊躇《ためら》われた。何か決定的なことをいわれる。とにかく怖いものは、先延ばしにしたい。

そんな怖い予感があるなら早めに手を打たなければならないのだが、晴之介は幼少期から、勉学にしても悪戯《いたずら》の露見にしても、ぎりぎりまで都合の悪いことや不利益を被りそうなことを先延ばしにする癖があった。

それが晴之介を堕落もさせ、ますます状況を悪くもしていったが、たまには窮地を回避もさせていたし、知らぬ間に平穏に片付いてもいた。

「もしかしたら、わしゃ不安な状態が好きなんかもしれん」

本当に怖いなら、手を打つ。できなくはないのだ。なのに、しない。傍目《はため》には、この状況をおもしろがってると取られても仕方ない。

「何をいまさら。そんなん、うちはとっくに見抜いとったで。よう喧嘩《けんか》をする人は、喧嘩が好き。よう怒る人も、怒るのが好きなんよ。悩み多き人は、悩むことが好き」

「反論は、できんな」

「晴之介さんは、怖いことが好きじゃろ。じゃけん、怖い話を書いてもおるがな」

楠子は、晴之介を追い込まない。決して、自分も妻として岡山に連れていけなどとは口にしない。ゆえに、ますます楠子が可哀想で可愛くなる。少し、怖くもなる。

岡山では、可哀想と可愛いは同じ意味なのだ。楠子は可哀想で、可愛い。

翌日、楠子が買ってきた朝食を卓袱台《ちゃぶだい》に並べ、三人で窮屈そうに囲んだ。楠子は階下から匙《さじ》を借りてきて、力人に持たせた。飯も煮物も、さほど美味《うま》そうにでもなく不味《まず》そうにでもなく、もそもそと力人は食べた。

「そういや朝鮮では、ぼっけえ美味いことを、二人で食べていて一人が死んでも気がつかない、というらしいで。誰に聞いたんじゃったかな」

朝鮮、という言葉にも、力人は反応しなかった。必死に初めて会った日を思い出し、あのときの力人に今目の前にいる力人を重ねてみる。

この顔の上げ方、振り返る動作、眩《まぶ》しそうに灯を見る目つき。まぎれもなくこれは力人だ、力人に成り済ませる者がそうそういるものか。

「その朝鮮の言い回しは、なんとはなしに笑えるところもあるけど、きょうてえな。怖いで、自分が死ぬ側になっても、相手が死んでも」

二人の会話は、力人には聞こえているのに解していない、という雰囲気があった。それでも晴之介は、なんとか言葉を繋げようとする。

「力人さんよ、岡山に帰らんか」

晴之介が、手短に我が故郷の岡山の実家にしばらく力人さんを預かってもらう、ということを無駄とわかりつつも説明した。

我ながらおかしいというほど、片言の英語に加えて身振り手振りが大袈裟《おおげさ》になった。まるで外国人に接するように。

「心配は、要らん。力人さんにとっても、岡山は故郷じゃ」

力人はただ、頷《うなず》いていた。一言も発することなく、晴之介に従う素振りを見せた。親には、友達と帰ると急ぎの電報を打っておいた。意図せぬところで、何かが大きく動いて流れている。足元が、危うい揺れも感じる。

力人がそれに乗っているなら、自分も乗るしかない。きっと楠子が危なければ止めてくれ、救い上げてくれると信じるしかなかった。

なんとも気詰まりな帰省、道中だった。とにかく力人は、口を開かない。ただ頷き、首を振るだけだ。光線の加減ではなく、目の色が知った力人のものではない。大柄な力人のために、新しい服を楠子が古着屋で買ってきた。

「この辺りを流しとる、朝鮮の行商人から買《こ》うたんよ。なんでか力人さんのことを、南国から帰って来たと知っとったわ」

不意打ちでそんなことをいわれ、晴之介は絶句してしまった。

「力人さん、朝鮮語もできるらしいな。というか、うちらとはしゃべれんのに、無関係の行商人とはしゃべれるんか」

「まぁ、あんだけ亜細亜を旅しとったら、中国語も朝鮮語もできるようになるわな」

「たまに、喉《のど》の調子も戻るんかいな」

力人についての会話を続けると、自分がしどろもどろになる。もう、楠子には転がされているしかない。

さて、かつては岡山に帰省しようと決めたら、横浜から神戸まで船に乗り、そこから山陽鉄道の蒸気機関車で二十時間ほど汽車に揺られていった。

今年の六月に特別急行列車が各地で増発され、新橋《しんばし》から岡山までおよそ十六時間と縮まった。展望車に食堂車までついた、最新型の汽車だ。

洒落《しゃれ》た洋装の列車ボーイも、英語ができるそうな。岡山がどんどんハイカラになっていくのは誇らしいが、一抹の寂しさみたいなものもある。

それにしても力人は、どこにいても違和感だけを醸し出す。最初に壮行会の料亭で会ったときは、その偉容っぷりは際立ちつつも、ここまで奇怪な存在感はなかったような。

飛ぶように窓外を流れる景色を、力人はただ薄い色の瞳《ひとみ》で追っていた。

「おお、懐かしい景色じゃ。おっ、あんな立派な洋館があったかのう。ああ、力人さんは無理せんと、黙っておってつかあさい」

不機嫌なのでも怒っているのでもないが、大きな物言わぬ男を連れて行くのは別に背負ったり手を引いたりはしなくても、象使いにでもなった気分だった。

象は凶暴さを発揮し暴れたりもしないが、大きな獣ではあるから油断は禁物だ。自分が果たして象使いとして機能しているのかも、わからない。

「わしゃ、チーズというのは苦手でなぁ。石鹸《せっけん》みたいじゃろ。というたら楠子に、石鹸を食うたことがあるんかと笑われた」

食堂車で、飯や煮物を静かに食べてはいた。楠子が多めに旅費を渡してくれたので、流行のカツレツ、ハンバーグステーキといった肉の洋食も注文してみた。力人は、明らかにこちらを美味いという顔をして食べていた。

「岡山市内の中心地には、路面電車もできたんじゃで」

「ちん、ちん、と音を立てて走るんじゃ」

「じゃけど最近は、人力車も新式の護謨《ゴム》輪にして、派手な緞子《どんす》の座布団を敷いたりして、生き残りに必死じゃで」

力人に話しかけてもまったく返事がないので、晴之介はまるで一人二役のように自分で自分に返事をし、自分と対話をしているようになっていく。

自分の中に、別の誰かが現れそうだ。たまに思いがけない言葉が出てきて、それをしゃべらせる何者かに怖いことを命じられたらどうしようと、恐ろしくなる。力人の中にもまた、そいつは潜んでいそうだ。

「おお、晴之介。大きゅうなったな」

親の第一声に笑いもしたし、ふっと涙ぐんでもしまった。

「わしゃ、もうとっくに成人しとるんじゃが」

親は、岡山駅まで迎えに来てくれた。異様な雰囲気を隠せない力人にはかなり気を遣っていたが、ともあれ晴之介の帰省を喜んでくれた。

二人乗りの人力車を二台、頼んでくれた。少し迷ったが、父と力人、母と晴之介という組み合わせで乗った。母が晴之介の手を握って、離さなかったからだ。

走っている間、母は涙ぐみ、いちいち晴之介の話に大きくうなずいてくれたが、父はどのように力人と接しているのか気になった。

父によると、力人は行儀よくただ前を見ていたそうだが、外国の鼻歌を歌っていたという。何語かと聞いたら、少なくとも英語ではなかった、露西亜語のようだった、などと恐ろしいことを告げた。

あの年頃の日本人は、英語以外はみな露西亜語か中国語に聞こえるんじゃろ。ここでも必死に、自分で自分にいい聞かせる。

「見た目からして、外国人のようじゃな、力人さんとやらは」

「まぁ、世界探検家じゃし」

さて胸の疼《うず》く実家に戻って座敷に上がったが、力人は正座ができなかった。慌てて晴之介が、彼は脚を痛めていると説明してやった。

脚を投げ出す力人の横で、晴之介も神妙にしていた。

「実はわし、ぼっけえ大きな仕事を任されそうで、今はまだ岡山には戻れんのじゃが。その仕事が一段落したら、戻れるかもしれん」

仕事には力人が大いに関わっていて、というより力人なしでは成り立たない。ほんの一か月でいいので、こちらで静養させてほしいと頼むと頭を下げた。

力人も無言であったが、同じように脚を投げ出したまま頭を下げた。

「岡山は水も空気もええで、早《はよ》うに治るじゃろ」

とりあえず力人は、光金家の離れの一室に落ちつくこととなった。手洗いと風呂場《ふろば》も近いので、晴之介がここをと選んだ。

「早《はよ》うしゃべれるようになって、楽しい冒険譚《たん》を聞きたいもんじゃ」

と、親は上気していた。なんといっても親もまた、西郷隆盛《さいごうたかもり》亡き後の豪傑といえばこの御方といわれた遠山先生を敬愛しているのだ。

その気に入りの書生というのも、効果的だった。思えば何かと晴之介も間接的に、遠山先生のお世話になっている。

「いずれ、遠山先生にも岡山で講演などしていただきたいもんじゃ。その際は、是非ともうちに滞在していただこう」

もともと光金の家は出入りの人が多く、それこそ若い書生のような人達もいたし、訳のわからない食客、遠い親類、その人達が連れ込んだ何者かよくわからない者達も常にいた。会社を経営し、村でも顔役だ。人を受け入れるのは、慣れていた。

一度でも同じ釜《かま》の飯を食えば親戚《しんせき》じゃと、村の分限者や顔役は鷹揚《おうよう》に構えねばならなかった。父や祖父は村のかなりの数の子どもらの名付け親にもなっていて、その子達もよく家には出入りしていたのだ。

そこにみっちゃんもいたかも、と誰かにいわれたが。何かそれは違う。

「あんた、いつまで居られるんよ」

「そうじゃなあ、特に急いで帰る用事もないでな」

東京に残して来た楠子は気になったが、一泊だけでとんぼ返りも気が引けた。汽車賃も、もったいない気がする。

兄や姉にも会って、旧友らとも飲み、なつかしい岡山市内の劇場や百貨店や商店も巡りたかった。さらに懐かしい人に、ばったり会えるかもしれない。

知らない店も、増えたことだろう。心ときめく活動写真館も劇場もでき、賑《にぎ》わっていると聞いた。こっそり、卒業した小学校なども眺めてみたい。

そしてもう一つ。土蔵の中も気になった。

「ここだけ、時間が止まっておるようじゃな」

黴臭《かびくさ》く、埃臭《ほこり》く、そんなはずはないのに、微《かす》かな腐臭すら漂う土蔵の中。なつかしい悪臭というものも、あるのだ。

重々しい鍵《かぎ》を開けて入ってみれば、見覚えある昔の成績表などが入った木箱が重ねられており、忘れていた玩具《おもちゃ》なども転がり出てきて、つい時間を忘れてしまった。

この頃に、戻りたい。瞬時ではあったが、切なくも願った。いや、戻ってしまえばみっちゃんにはまた会えるかもしれないが。

楠子に会える道を、失くしてしまうかもしれない。それは恐ろしい。木箱から、物の怪《け》が飛び出て来るより、恐ろしい。

はて、奥にある大き目の箱。これだけなぜか頑丈に南京錠をかけ、釘《くぎ》を打ち付けてもあった。これは何だろう。何か自分は知っている気がする。

それは、みっちゃんと関わるものだ。そう閃《ひらめ》いたとき、開けない方がいいかと後ずさりした。みっちゃんなら、今の力人と言葉でなくしゃべれる気もした。それはきっと、属する世界が同じだからだ。

もはや親に対して、みっちゃんは、などという気にはなれない。あれは、いなかった人だ。親の前では、そうしておかなければならない。

親元でのんびりすることと、故郷で切望していたあれこれをやって懐かしい人と会ったりするのは楽しくて、つい一週間近くいてしまった。兄と姉にも会い、力人の説明をしておいた。とりあえず、親との和解は喜んでくれた。

兄はますます貫禄《かんろく》を増し、姉はますます艶《つや》を増していた。

「これで小説家になれたら、親孝行は完了かな」

「しかし力人さんとやらは、外国の役者のような雰囲気じゃのう」

「医者は要らんと、帳面にも書いてあるところを強調するんじゃなぁ。医者嫌いか、医者が怖いんか。あんな大きななりをして」

「別に、普通に散歩やなんぞはしておるしな」

存外、実家の居心地は良かったが、やはり楠子が心配でならず、戻ることにした。

親にも兄姉にも、見合いをしろと案の定いわれてしまったのもある。

「自分が食えるようになっても、まだまだ女房は食わせられんじゃろ」

親はなんとなく、東京にいい女がいるのかもしれないとは察していた。それが、あまり名家の親が諸手《もろて》を挙げて賛成できる相手でないというのも。

たとえば花柳界、たとえばかなり年上の子持ち寡婦。暗い過去のある女。さすがに、両性具有は想像の範囲を超えていた。

そうして力人にも身振り手振りで別れを告げ、晴之介は東京に戻った。力人は相変わらずまったくしゃべらず、退屈でしょうと親が差し入れてくれた本など開いてはいたが、どれほど読んでいるのかはわからない。

一応、帳面と筆記具も用意しておいたが、さわってはいない。

兄と姉にはすべての経緯を説明して、くれぐれも彼の存在はまだ口外しないでくれと頼めば、納得してくれた。

彼に話の種をもらって書けばいい、小説家になれるのを反対しているのではなく期待もしている、ともいってくれた。

「なんなら、あんたも遠山先生の書生になってもええがな」

「いやぁ、わしは遠山先生に、大陸を馬賊になって走り回れと命じられても困るで」

そうして晴之介は、いろいろ感傷的になりながらも、楠子の待つ東京に戻った。故郷よりも、楠子がいる所が我が家だと思える。

楠子と布団の中で寄り添っていると、この生温かい極楽にずっと浸っていたいと蕩《とろ》けていく。それは堕落といってもよく、堕《お》ちる自分も心地よい。

「岡山の匂いがするよ」

汽車の中でも、力人ではなくまだ見ぬセルゲイを想っていた。力人の帳面に綴《つづ》られたセルゲイしか知らないのに、もう会ったことがある人になっていた。

思い描く顔や姿が本人のものかどうかはわからないが、晴之介の中では出来上がっていた。途方もない悪党で、信じられないほどの美貌《びぼう》。

「たぶん、誰かがそうしたかったのだろう」

いや、自分はセルゲイと絶対にもう会っている。力人ほどセルゲイに惚《ほ》れることはないが、力人ほど翻弄《ほんろう》されるかもしれない。

晴之介が目覚めると、楠子は卓袱《ちゃぶ》台《だい》の前に座っていた。土産の吉備《きび》団子をつまみながら、力人の絵葉書を並べ、見入っている。

その眼差《まなざ》しに、冷えたものを感じる。楠子は何か、わかっている。

中国人の扮装《ふんそう》で、横笛を吹いている力人の絵葉書。ここに写っている男と、何日か暮らしたあの男は、明らかに別人だ。もう、わかっている。

ふっとした拍子に、楠子に濃く男を感じる瞬間があり、それは暗いものや冷たいものではなく、何やら心弾む、心ときめくものなのだった。

それは何故なのだろうと考えてみるときもあるが、とりあえず楠子に関しては理屈より感情が先でいいかもしれない、と落ち着く。楠子は、自分ごときの浅い思考や理屈で解き明かせるものではない、というのもある。

完全に楠子が女であったら、とはまったく願わない。男の匂いがすると、余計に愛《いと》おしくなり、妖《あや》しいとも純情なともいえる感覚に酔っていく。

……獰猛《どうもう》な密林の中を、さほど怖いとも恐れず進んでいく。

自分は今、夢を見ているのだと半ば自覚できている。隣に、誰かいる。セルゲイだ。しかし晴之介は、セルゲイだと気づいていないふりをしなければならない。力人だと、勘違いしている。思い込んでいる。そう、隣の男に思わせなければならない。

——たぶん、誰かがそうしたかったのだろう。

セルゲイに殺されたところで、目が覚めた。晴之介が起きたことに気づき、楠子は少しこっちに座り直した。そして絵葉書を透かすようにして、ゆっくりといった。

「あの人、ほんまに力人さんかな」

楠子が、とても怖いことをいっている。みっちゃんの、怖いお伽噺《とぎばなし》みたいなものを聞かされる。みっちゃんはどんな現実離れした話、荒唐無稽《こうとうむけい》な物語でも、

「これは本当にあった話なんよ」

目を覗《のぞ》き込んで囁《ささや》き、晴之介に信じ込ませた。楠子もきっと、これからとても怖い本当の話をするに違いない。

そういえば階下の主人から、天皇様が御重体だとついに宮内庁が報じたと聞いた。足元が、揺らぐ。足の下から、地面が無くなりそうな怖さがある。

「春日野力人じゃない、というなら、誰なんじゃ」

楠子の手に持たれた絵葉書の力人が、こっちを見た気がした。この目。明らかに、戻って来た力人とは別人だ。

「晴之介さんも、とっくに勘づいとるじゃろ」

起き上がって布団に座ると、晴之介は障子の方を透かした。嫌な大きな影が広がったら、逃げ場はない。たちまち、飲み込まれて影の一部にされてしまう。

「現実離れしとるが、しかしそれしかないよなぁ」

思わずそう口走ってしまったことで、誰を想定しているか、すでに気づいているこ

とを、白状したも同然だった。

「だいたいな、詰めが甘いというもんじゃ。力人さんは緬甸で坊さんのふりをするために、頭を剃《そ》り上げたと書いとったじゃろ。半年も経たんうちに、あんなに伸びるもんかいな。鬘《かつら》ではないで、あれは」

あ、と膝《ひざ》を打った。晴之介は、そこのところを気づいてなかった。

「なるほどな。目の色が薄うなったんも、力人さんじゃないからか」

「銭湯に行かず、こっそりと盥《たらい》で体を拭《ふ》いたりしとるのも、裸を見られとうないんじゃろ。背中に、なんぞ剣呑《けんのん》な刺青《いれずみ》があるとかな」

「うちの実家には、外風呂《そとぶろ》と内風呂とあるんじゃが。あの人は内風呂だけ、使《つこ》うとった。どちらにしても、一人だけの風呂場では裸になれるじゃろうが、うっかり家の者に体を見られたら、きょうてえことになったろうな」

「本人さんが、立場が危のうなるんじゃないで。見た方が、無事では済まん」

「うちの親は呑気《のんき》なところもあるんで、うっかり覗いても気づかんかもしれん」

怖い話をしているのに、微妙に心が弾んでもいる。謎解きをしているからか。

「まぁ、当たり前に推理してみたら、露西亜や哈薩克斯担で捕まったら死刑じゃし。脱獄した緬甸でもか。セルゲイさんを狙うのは警察だけじゃなしに、悪党どももじゃ」

あっさりと、楠子はセルゲイの名前を口にした。それで晴之介は、何やら安堵《あんど》する。

自分も、もうその名前を口にしていいのだ。

「しばらくほとぼりが冷めるまで、力人さんに化けて日本に逃げた。おそらくは、力人さんの協力の下で。いや、共謀の上でじゃろ」

薄々、感じていた。本当は、力人のふりをしたあいつ、力人であって力人でない何者かは、ちゃんとしゃべれるし、聞こえているのだ。

ただ、日本語がわからない。だから聞こえにくく、しゃべれない体にしてあるのだ。きっと手の怪我も、していない。日本語が書けないから、そうしてあるのだ。

恩師の遠山先生、旧知の友人達、家族、力人をよく知る者達に会わないのは、一度しか会っていない晴之介や楠子と違い、力人ではないと瞬時に見破られるからだ。

「じゃあ、あれが偽者として。本物の力人さんは、どうなっとるんじゃ」

口にした瞬間、肝は冷えた。死んでいる、とは到底続けられない。

あの帳面の力人の文面は、ひたすら偽者のために便宜を図っていた。力人は恋する乙女のように、セルゲイを讃《たた》えていた。そんな力人を、あっさり殺すだろうか。

いや、自分を基準にしてはいけない。他人は、自分とは違う考えで動く。ましてやセルゲイは凶悪犯、人殺しに躊躇《ためら》いのない人物なのだ。

「まだ力人さんは、異国のどこかに居るんじゃろ」

そこで晴之介は、体が強張《こわば》る。今、岡山の親は、無事でいるのか。

「岡山の親御さんも、ようわからんままに無事で居《お》るわいな。あまりにも勝手を知らん異国で、とりあえず住処《すみか》と食べるものをくれるんじゃで。

金品奪って逃げたとて、言葉もわからん、隠れようがない、日本じゃあ人目に付きすぎる。となれば偽者も大人しゅうしとるしかなかろう」

食事を済ませて楠子を仕事場へと見送り、文机《ふづくえ》の前に座る。力人のふりをした何者かが置いていった帳面を開き、読み返す。

セルゲイのために、力人は必死にこれを書いたのだ。

異国の者が、力人のふりをして書くのは無理だ。別の日本人に頼んだとしたら、というのも考えてみたが、すべての字を真似、いい回しも癖も力人そっくりに、というのはちょっとないだろう。

晴之介は力人の旅行記を繰り返し読んでいて、力人本人も気づいていないかもしれない独特の表現や癖を把握できていた。

自分も、背中の誰かに書かされているようだ。晴之介は、持参したペンを執る。

『その大胆かつ無謀な考えは、どちらから出て来たものか。思い返そうとすると、頭に重い靄《もや》がかかる。

あの悪意すら感じる南国の熱気と湿気には、何も考えるなとせせら笑われていく。

乾いた寒い冬を知るセルゲイも、さすがに弱っていた。

それでもあの監獄をどうにかして脱走してきたセルゲイとは、某所で生きて落ち合うことができた。

これはあまり、詳しく書くわけにいかない。脱獄の手引きになってしまうし、緬甸の刑務所の面子《メンツ》も台無しになる。

こっそりと武器を入手し、それをちらつかせながらセルゲイは脱獄した。まったく何も庇《かば》うことにはならないが、その脱獄でセルゲイが殺傷した人はいない。それは殺傷する必要がなかったのもあるが、何よりも例のあれだ。

たぶん、誰かがそうしたかったのだろう。

セルゲイ、君が無事に脱獄できたなら、自分は必ずやあの場所にいるから、そこを訪ねろ。そう、念を押しておいた。その場所は、まだここには書けない。私の恩人に、迷惑をかけてしまうことになる。

とにもかくにも、セルゲイと再会できた。だが、それで大団円となるわけはない。なんといっても、セルゲイは哈薩克斯担の故郷から露西亜の全域、ここ緬甸にかけて、荒らし回った。長らくお尋ね者で、ついに監獄に囚《とら》われた。

そして、脱獄した。誰かが手引きをした。何者かが支援した。それも、今は書くまい。

そんな彼を追っていたのは官憲や被害者の家族、遺族だけではない。

まんまと上前をはねられ、あっさり横取りされた悪党仲間の方が、官憲より執拗《しつよう》だったりもするのだ。獄にも、セルゲイの命を狙う同房者がいた。

そいつらから逃れ、戦い、撃退していることでも、セルゲイは一目置かれていた。

とはいえ、セルゲイとて無敵の怪物ではない。

セルゲイも生身の人間だ。ふと油断したとき、弱ったとき、大勢の武器を持った敵に囲まれてしまえば、さすがに逃げられはしない。

私は何としても、セルゲイに生き延びてほしかった。彼が生きていようが死んでいようが、私は変わりないといえばない。

セルゲイは間違っても高潔な人でないし、彼が生きていれば助けられる人、幸せになれる人がたくさんいる、ということもない。

むしろ彼はこの世にいない方が、助かる人も幸せになれる人も多いのだ。

彼は決して、悪事を止めない。誰かがそうしたかったのだといいながら、殺し盗む。下手をすれば、私が彼の餌食《えじき》になることだって充分にあり得る。彼は私を強盗の仲間に誘ってはこないが、この先もないとはいい切れない。そして足手まといになったとき、誰かがきっと、彼の耳元で囁《ささや》く。例のあの言葉を。

それでも私は、必死になった。なんとかしてセルゲイをしばらく安全な場所に隠し、ほとぼりが冷めるまで援助してやりたいと。

彼も、なぜ私がそこまでしてくれるのか不思議には思っただろうが、乗ってくれた。彼は、失うものがない。目の前の船に乗るだけだ。

これ幸いに、というのか。まずセルゲイと私は体格がぴったり同じとまでいかなくても、かけ離れてはいなかった。

私は日本人としてはかなり大柄で目鼻も大きいと、子どもの頃からいわれていた。それこそ露西亜の血が入っていないかだの、冗談もいわれていた。

顔もセルゲイに似てはいなくても、目元だけ出す覆面などすれば、区別がつき難《にく》くなる骨相だった。セルゲイが髪と髭《ひげ》を伸ばせば、さらに私に近づいた。私は、彼に髪と髭をもっと伸ばせと命じた。

セルゲイが春日野力人になりすまし、日本に渡る。まったく日本語ができないから、病気や怪我で聞こえ難くなった、しゃべれなくなった、とするしかない。日本語を書けないのは、手も少し不自由になったことにする。

そして、知り合いには会わない。となると、思いつくのは光金晴之介さんだ。彼は一度しか会っていないから、その一度だけ会ったときの服装と雰囲気で行けば、信じてくれるだろう。まさか偽者とは、小説家でも想像できまい。

その辺りの因果を含めた文章を書き、私は聾唖《ろうあ》者ですという書面も書き、セルゲイに乗船の際、いろいろな窓口すべて、これを見せて乗り切れと帳面を持たせる。私の旅券と身分証明書、そして旅費とともに。

私はこちらにしばしとどまり、セルゲイが死んだと噂を流す。襲われて殺されて死体は密林の鰐《わに》が始末して骨も残っていないと、いい触らしておく。

それから髪と髭を伸ばし、こちらの優秀な日本人にお願いした別人の身分証で、ゆっくりと堂々と帰路を辿《たど》る。

日本でセルゲイと再会したら、今度は彼の髪と髭をばっさり切り落とし、何なら髪を染めさせてさらに西洋人に近づけ、眼鏡などで人相を変えさせる。

その上で密航船に乗せ、露西亜に戻す。別に用意してある、身分証も持たせて。

もちろん彼が望めばだが。なんといっても露西亜は広大だ。かつて荒らした場所に戻らず、別の都市に移ればいいのだ。

彼は、できる。溶け込める。少なくとも、日本よりは。

そうして私は何食わぬ顔で、また入れ替わる。いや、力人に戻る。けろりとしてしゃべれるようになり、聞こえるようになり、書けるようになる。

講演もしよう、世話になった人達と会合も開こう、冒険譚《たん》を語りあかそう。セルゲイの話も、お伽噺《とぎばなし》のように語ろう。

まず、光金晴之介さんが受けいれるかどうかが第一関門だが、あの酔狂な作家先生は乗ってくれそうな気がする。

なんといっても、彼の求めるものを私は差し出せるのだから。

あの傍らにいる美女が見破りそうな気もするが、あの美女も別の思惑で従ってくれそうな気がしてならない。私も、あの囁きを聞く。

——たぶん、誰かがそうしたかったのだろう。』


ここまで、晴之介は熱に浮かされたように一気に書き切った。事実を書いたのか、まったくの創作を綴《つづ》ったのか、自分でもわからなくなっていた。

これまでは、虚実取り混ぜていても自覚はあった。ここは力人の記録の書き起こし、ここは創作、と読み分けられた。しかし今の晴之介は、自分の書いたものがよくわからなくなってきている。

楠子に読んでもらっても、同じことだ。楠子はさらに、怖いこともいう。

「あんたの中に力人さんが入り込んで、書かせとるみたいじゃわ。そのうち、乗っ取られたりしてな。体は晴之介さん、中身は力人さん」

「ほんまに、そんな気がしてきたで。それは冗談として。あの実家に居《お》る、力人さんな。あれはやっぱり、正真正銘の春日野力人じゃとも思えてくる。何せ、彼の人となりを、そんなには知らんからな」

ずっと帳面の文章だけの付き合いで、実際には一度しか会ってないのだ。

そんなに心配で疑わしいなら、なんとか理由を付けて力人と親しい者、昔から知る人などをこっそり岡山の実家にまで連れていき、物陰から観察させる、あるいは堂々と正面から会わせてみるという手もあるが。

それも怖いのだ。そこで、あれは力人ではないと断言されたとき。改めて、本物の力人は何処へ、というのも怖いが。

偽者の力人と対峙《たいじ》させられるこちらとしては、何が起こるかわからない。楽しい結末や、大団円があるはずがない。

たぶん、誰かがそうしたかったのだろう。といいながら、惨劇が引き起こされる。では、引き延ばしておけば良い結果が得られるか。それも心許《こころもと》ないが、何か妙案も浮かぶかもしれず、違う手も打てるかもしれない。

それにしても、ただ代筆するだけのつもりだったのに。自分も世界ならぬ魔界に連れ込まれ、力人と同じくらいの冒険を強いられているではないか。

いつの間に、こうなった。読むだけなら面白い怪奇譚、聞かされるだけなら心ときめく怪異譚、まさか自分がその主人公にされてしまうとは。

怪奇小説家冥利《みょうり》に尽きる、とはいえない。こんなはずではなかった、と叫ぶのは、まさに怪談の登場人物だ。

＊

『さて晴之介は大きく決意、決断したのではなく、楠子に引きずられるようにして、再び岡山に帰省した。

なんとその際、楠子は髪も短く耳が出るほどに切って化粧も一切せず、着物も下駄も男物で、完全に男のなりをしていた。

すました顔で現れた楠子に本気で、どちら様でといってしまった。

考えてみれば、楠子は戸籍上は男なのだ。楠夫なる立派な男の名前があり、ある時期までは男として生きていた。男である物もついているし、男の臓器だってある。本人の意志で、今からでも男として生きていけるのだ。

だから、男に扮《ふん》して、というのは違う。女が男装している雰囲気も、まったくない。

「男前じゃのう」

「ああ、知っとるよ」

垢《あか》ぬけた都会風の色男で、あれほどの美女であるにもかかわらず、ちゃんと、というい方もまたおかしいのだろうが、まったくの男だ。

晴之介の戸惑いは、女の楠子もええが、いや、むしろ男の楠夫のほうがいいかもしれんと、ときめいてしまったことだ。素直に、口にする。

「こっちの方が、ええかもしれん」

「そりゃ、どうも。まぁ、何もかも、まかせてつかあさい」

澄ました顔で汽車に乗り込み、その声までが普段より低い。汽車に揺られているうちに、このところの寝不足のせいもあり、晴之介は寝入ってしまった。

夢の中で、晴之介は力人になっていた。見知らぬ南国を歩き、彷徨《さまよ》い、迷っている。美しいなと感嘆した木の枝の花が、足元に落ちてくる。たちまちそれは、見上げて愛《め》でる美しい花ではなく、足元で汚れた塵《ちり》になるのだ。

驟雨《しゅうう》の中に佇《たたず》み、何も考えられないと考える自分。迷ってもいいじゃないか、絶対に辿り着かねばならぬ目的地はない。迷った挙句に流れ着いた先が、真の約束の地だったということだってあり得る。

目覚めたとき、隣にいるのが一瞬誰だかわからなかった。きれいな男だなと感嘆したほどだ。楠子といいかけたが、このなりだと楠夫の方がいいのか。

岡山駅から人力車を頼み、並んで乗った。見慣れた景色が、夢の中で彷徨った南国のようだ。頰に、南国の花が降りかかる。

悪夢の続きのように、実家は現れた。親に会い、芝居じみた挨拶《あいさつ》を終わらせ、楠子でなく楠夫は堂々と、自分は東京の印刷所に勤めている友人だといった。

「光金さんの小説は、東京の文壇では好評ですよ」

楠夫は孤児院時代から印刷所や販売所にも出入りし、長じては新聞社の男達をよく接客してきたので、それらしい話ができ、もっともらしく振る舞える。

東京の言葉で話し、岡山生まれだなどと微塵《みじん》も感じさせない。

「冗談ですから、笑《わろ》うてつかあさい。楠夫さんが女なら、晴之介の嫁にもらうのに」

「じゃあ、女として暮らしましょう。いや、これも冗談の御返しです」

しかし、冗談で済ませていいかどうかという事態にもなっていた。

親によると、実は力人はふっと家を抜け出して二日ほどいなくなり、といってどこをどう捜せばよいかわからず、警察になんと届ければいいかも困惑し、晴之介にも知らせたらややこしくなると迷い、途方に暮れていたら。

「何食わぬ顔でほれ、戻ってきてな。戻ってきたらすっかりいろいろ回復しとって、人が変わったように陽気でしゃべれるし聞けるし、字も書けるとなっとった」

力人によると、南国の熱病が原因で、夢遊病のような状態になるときがあるのだという。何はともあれ無事に戻り、体も回復していたのだ。

「別人になって戻ってきた、としか思えん」

母が離れまで、力人を呼びに行った。のっそりと現れた力人は、確かに見覚えある人懐っこい笑顔になり、はっきりとした声を張り上げた。

「いや、御心配かけましたな。すっかり、世話になってしもうて」

もしやいなくなっていた二日の間に、セルゲイと本物の力人が入れ替わったのではないかと推理した。今頃、セルゲイは故国に向かうための船に乗っている。同じように、髪と髭《ひげ》を剃《そ》り落として。

セルゲイが背負った、力人のそれとそっくりな背嚢《はいのう》には、何も入ってない。空っぽ。いや、違う。何か入っている。岡山で手に入れた、恐ろしい宝物。桃太郎が、鬼ヶ島《おにがしま》の鬼から奪ったような物。

さすがに力人は、楠子が楠夫になっていることには気づいていない。楠夫となっている楠子もしれっとして、東京でも食事に行きましょうなどといっている。

「ほれ、いつの間にか自分で髪と髭を落として、さっぱりもしとられる」

楠子ならぬ楠夫はそっと、晴之介に耳打ちする。

親も、力人の中身が入れ替わっているとは気づいていない。そんな大掛かりな奇術は、天下の奇術師たる天勝でもやらないし、やれない。

髪と髭の印象の違いもだが、しゃべれないときの力人の近くにも寄っていないのだ。力人の世話はずっと使用人がしていたというし、そもそも人が入れ替わるということ自体、想像の域を超えている。

そういう自分も、本当に自分なのか不安になってくるではないか。

楠子は一人だが男の楠夫と女の楠子がいるし、セルゲイの中には何者とも知れぬ者がいて気まぐれに彼を操るし。

不安を抑え、兄や姉、その配偶者と子どもらも来て、座敷で賑《にぎ》やかに食事をした。力人さんは野菜を食べないと親がいっていたが、今は大いに頑張っている。

「これから親にも遠山先生にも、ご挨拶に行かねばならぬ、新聞社や各地の関係者との懇親、こりゃもう大忙しじゃ。ここは実家の如く、ゆったりできますらぁ」

力人はあの壮行会の日からさらに弁舌も巧みになり、愛想も増し、波瀾万丈《はらんばんじょう》の旅行記を語って座を大いに盛り上げた。

「哈薩克斯担の遊牧が人生の民族は、窯で焼いた麵麭《パン》なども食べますが、基本は肉食です。野菜、野草は動物の食べ物として避けるのではなく、彼らのために取っておいてやる。という配慮と遠慮なのです」

ともあれ甥《おい》っ子姪《めい》っ子がすっかり、自分も世界を探検したいなどと力人に心酔し、上気している。やめとけ、とはいえない。小説家になる、などといわれるよりはましかもしれないのだと、ひっそり自嘲《じちょう》する。

「旅行記を新聞に載せるので、続きやこぼれ話、裏話はそこでお読みいただきたい。さらに、この話を種として将来有望な小説家の光金晴之介先生に提供し、小説という花として咲かせていただきたい」

その夜、力人は名残惜しいと離れで岡山の最後の夜を過ごすこととなった。晴之介と楠夫は夜通し語り合いたいこともあると、力人の部屋の隣に布団を敷いてもらった。隔てているのは、襖《ふすま》一枚。

「なぁ、坊ちゃん」

隣に、みっちゃんがいる。楠子ではない。楠夫でもない。いつの間にか、力人は姿を消していた。襖を開けて確かめてみれば、布団は死者が寝ていたかのように、冷えている。

「坊ちゃんはうっかり、うちが殺される所を見てしまうんよなぁ」

みっちゃんの怖い話、キバコの話。これはみっちゃんが作った牙子なる女の話だと思い込んでいた。何かが違う。

「うちは、坊ちゃんのお父様のお手付きじゃっただけでなしに、お兄様とも恋仲になってしもうた。子どもも、できたんよ。産めんかったけどな。

お父様とお兄様、どっちの子じゃったんかなぁ。坊ちゃんの弟か妹じゃったか、坊ちゃんの甥っ子か姪っ子じゃったか。

お兄様は、うっかり本気になられたんよ。許さんかったのは、お母様とお姉様。下《げ》賤《せん》な女の癖にと、竹箒《たけぼうき》で殴られて井戸水をかけられたわ。

うちに暇を出したら、いいふらされる、ずっと強請《ゆす》られると恐れた。そねぇなこと、せんよ。ひっそりと別の場所で、子どもと暮らすつもりじゃったよ。

といって誰かを雇ってうちを始末すれば、その者に弱みを握られる。それこそ、ずっと恐喝される。じゃから光金の女二人は、女二人だけで始末することにしたんよ。秘密を絶対に、外に漏らさぬためにな。まぁ、慣れたもんじゃったんよ。お父様とお兄様も、わかっとった。いつものように、黙り通すことにしたんよな」

頭の中に、稲妻が走る。そうだ、幼い頃に晴之介は土蔵の中で恐ろしいものを見ていた。

土蔵の一角の隠し扉の鍵《かぎ》が壊れていて、異臭が漂ってきていた。怖いのにそこから逃げることはできず、晴之介は扉を押してしまったのだ。

壁一面に、キバコがいた。いや、夥《おびただ》しい数の重ねて並べられた木箱だ。

「光金の男はみんな、女癖が悪うてなぁ。いつも光金の女が後始末をしてきたんよ。うちだけじゃなしに、他にもお手付きになって殺された女は、仰山おったんよ」

みっちゃん、枕元でその話もしてくれたかな。わし、覚えとらんようで覚えとる。

「東京や京都から取り寄せた、高価な乾燥剤に強力な脱臭剤だけじゃなしに、日本ではなかなか手に入らん最新の舶来品のそれらも、仰山あったわ。みんなみんな、光金の男に弄《もてあそ》ばれて、光金の女に始末された女達に使われたんよ。

うちら、乾燥剤や脱臭剤より安いものじゃったんよ。じゃけど、表沙汰《おもてざた》になったらさすがに、犬猫を殺したんとは一緒にできんからな。うちらは、光金家の体面のために、土蔵に隠されるしかなかった」

絞め殺されたみっちゃんの遺体は、折りたたまれて丸められて、厳重に臭気が漏れぬよう密閉され土蔵の木箱に隠された。

あの、女達の詰め込まれた隠し扉の向こうの木箱が並ぶ一角。そこには晴之介は二度と近づかないよう、視界にすら入れぬよう、避けていたのに。脱臭剤でも消せぬ、みっちゃんのなつかしい匂いに誘われて、鍵を壊してまで開けてしまった。

キバコは牙子ではなく、木箱。

強い乾燥剤入りの木箱の中ですっかり白骨化し、小さくなっていたみっちゃん。まだ人の形もしていなかった子は、溶けてしまった。

「うん、見とった。わし、実はすべて、見とった」

木箱を見てしまった後、晴之介は土蔵を飛び出した。そこから、自分の家の秘密を自分の中の土蔵の木箱に仕舞い込み、扉に鍵をかけた。

力人に化けていたセルゲイは、泥棒の癖が出てこっそり土蔵を物色しているとき、みっちゃんを見つけてしまう。

恨みを抱いたまま死んだみっちゃんは、死んでもずっとこの家に居続けた。可愛い坊ちゃんに、取り憑《つ》いていた。

「この家には、世話になった。だから、きっと隠し通したいこれを持ち出してあげようではありませんか。なんとなくこの骨の女も、木箱から出て広い世界に行きたがっている気がしてきました」

たぶん、誰かがそうしたかったのだろう。

これを囁《ささや》くのは、セルゲイの背中のお母さんか。別の怖いものか。いるけど、いない。いないけど、いる。いつの間にか、みっちゃんもその声に合わせている。

たぶん、誰かがそうしたかったのだろう。

じゃけど、そんな人達は、他にもたくさんおるよ。きっと。隠れている、隠している、隠されているだけで。あらゆる家の片隅に、きょうてえ秘密はある。

セルゲイはみっちゃんを鞄《かばん》に隠し、異国に持ち出したんよ。死んだ後、みっちゃんは世界を旅して回るんじゃ。

きっと春日野力人より、遠くへ遠くへ行く。みっちゃんは世界ではなく、魔界も旅するんじゃ。キバコの新しい話が、できるかもな。

ほれ、こっそり土蔵をまた覗《のぞ》いてみ。梁《はり》から、お姉様がぶら下がっとるよ。

セルゲイがあの大きな手で、絞め殺した。ぶら下げたんは、なんじゃろな。やっぱり、命じたのは背中の人と、みっちゃん。

これからは坊ちゃんのお姉様が、土蔵の中のキバコになるんよな。坊ちゃんは今度こそ、新しいキバコの話を作れるで。

お母様は光金家の体面を守り通すために、お姉様が行方不明になったとしてしまうじゃろうから。嫁ぎ先も体面を気にして、隠してくださる。

実はおんびんたれのお父様やお兄様は、またしてもそれを信じてしまうんよ。いや、疑《うたご》うてはおっても、面倒くさいから女に任せてしまう。坊ちゃんもそういうところは、光金家の男の子じゃゃわ。

たぶん、誰かがそうしたかったのだろう。

ああ、坊ちゃんよ。懸念のキバコの話が、やっと思い出せて書けたなぁ。』

＊

そこまで書き終え、いや、こんなものを書いた覚えがないと自分の字で書かれた自分の文章を読み返し、晴之介は声にならない悲鳴を上げた。

「なんじゃこりゃあ。わし、頭がおかしゅうなったんか。嘘じゃ、嘘じゃ、これはみんな嘘の話じゃ。なんもかんも、嘘じゃあ」

いや、ここには書いていない記憶もある。土蔵の梁からぶら下がる、死んでもなお美しかった姉の姿。扼殺《やくさつ》されていたのに、見せしめのように改めて吊《つ》り下げられていた。

長く白く伸びた首は、まさに竹久夢二の描く女に酷似していた。

異様な気配と何かの予感で土蔵に入り込んできた母が、腰を抜かした晴之介と、変わり果てた和夏子を見つけた。

死者よりも白い強張《こわば》った顔をした母は、何もかも黙っていろと、晴之介の頰を張った。

晴之介は、悪戯《いたずら》を見つかった子どものように泣いた。

「うちが嫁に来て、やっと土蔵に入れてもらえたのは、長男を産んでからじゃ」

母はそんな話を、何度もしていた。忌々しげに、誇らしげに。今では、土蔵を支配するほどになった。光金家そのものだ。

「何もかもお母さんがすべて始末するんで、あんたはこれからも光金家の、おんびんたれ。それでええんよ。ずっと、それで過ごしんさい」

臆病者《おくびよう》。でも悪いことはしない男児を、岡山ではそう呼ぶ。おんびんたれ。久しぶりに聞いた。夢の中を歩かされているように、晴之介は東京に戻らされた。

恐ろしいほどに、光金家は静まり返っていた。おそらくみっちゃんが死んだときも、このような空気が漂っていた。なんとなく、思い出せる。

みっちゃんは恨みを晴らし、今度こそ本当に光金家からいなくなった。跡形もなく、消え失せた。キバコとともに。

代わりに、土蔵の新しいキバコになったのは姉。いつの間にか、土蔵の例の壊れた鍵は直されていた。母が、粛々と直させたか。

ことり、障子が少し動いて、ここにいない誰かの影が映る。さっそく姉が、おんびんたれの末弟を脅かしに来たか。

楠子は、その帳面を取り上げた。晴之介は、座り込んだまま動けなくなっていた。おんびんたれ、姉のせせら笑う声がする。

「この帳面は、力人さんには渡せん。焼き捨てましょうや」

「なんでじゃ。つまらんからか」

まるで晴之介の代わりのように、あちこちから本物の泣き叫び怒鳴り騒ぐ声が聞こえてきた。いつの間にか寄り添ってくれていた楠子だけが、静かな声を絞り出した。

「その帳面の話は、悪夢でなしに、物語でもなしに、本当なんよ」

そこで晴之介は、膝《ひざ》から崩れ落ちた。蠟燭《ろうそく》の灯を一気に吹き消されたように、ただ闇の中に放り出された。

……月明かりが妙にまばゆく、目を開けた。いつの間に、自分は布団の中に入っていたのだろう。そんなに酔った覚えもない。

布団の中で丸まっていた晴之介の顔を覗き込むのは、

「ようやっと、目が覚めたなぁ」

みっちゃんではなく、楠子だった。今、何時じゃ。つぶやいて辺りを見回す晴之介を、哀しい目で見つめてくる楠子は、明らかに鬘《かつら》をかぶっていた。

「東京に戻ってきたのも、覚えとらんのか。魂が抜けた操り人形みてぇに、往来をうろうろして皆さんを怖がらせとったよ。これも、覚えとらんか」

楠子のその長い髪の下には、刈り込んだ短髪の頭があるのも夢、夢の中でのことだ。

「わし、ずっと夢を見とったか」

「三日ほど、死んだように眠りこけとったからなぁ。いろいろ夢も見たじゃろ」

起き上がって、まさに這《は》うように楠子の鏡台を覗き込めば、力人やセルゲイにはとうてい敵《かな》わぬものの、髭《ひげ》に覆われていた。なるほど、岡山から帰ってきて何日も過ぎ、しかも自分は寝込んでいたらしい。

一気に痩《や》せたためすっかり面窶《おもやつ》れした顔は、自分であって自分でないようだった。誰かにこの身を乗っ取られ、なり代わられているのではと疑いもする。自分は本当に自分か。楠子は楠夫であっても、楠子には違いない。

「今日は、何月の何日じゃったか」

「七月三十日に、なったばかりじゃで」

真夏の真夜中に、ハレー彗星《すいせい》よりも恐れていた報《しら》せが届いた。

「お隠れになった。陛下が、お隠れに」

階下の主人が、叫びながら階段を駆けあがってきた。外が海になったかのように、ざわめきと慟哭《どうこく》が波のように広がり、打ち寄せた。

天皇陛下崩御。皇太子様が新天皇になる、践祚《せんそ》の儀はすでに執り行われていた。

奈落《ならく》の底に通じるような階段を駆け下りていった晴之介と楠子は、皇居の方角に手を合わせ、身じろぎもしなかった。

春日野力人はいち早く大正時代の夜明けの中、また世界に、いや、魔界へと飛び出していったようだった。

本書は書き下ろしです。

おんびんたれの禍夢《まがゆめ》

岩井志麻子《いわいしまこ》

角川ホラー文庫　24250

令和6年7月25日　初版発行

発行者———山下直久
発　行———株式会社KADOKAWA
〒102-8177　東京都千代田区富士見2-13-3
電話 0570-002-301(ナビダイヤル)
印刷所———株式会社暁印刷
製本所———本間製本株式会社
装幀者———田島照久

●お問い合わせ
https://www.kadokawa.co.jp/ (「お問い合わせ」へお進みください)
※内容によっては、お答えできない場合があります。
※サポートは日本国内のみとさせていただきます。
※Japanese text only

ISBN978-4-04-114882-2　C0193

角川文庫発刊に際して

角　川　源　義

第二次世界大戦の敗北は、軍事力の敗北であった以上に、私たちの若い文化力の敗退であった。私たちの文化が戦争に対して如何に無力であり、単なるあだ花に過ぎなかったかを、私たちは身を以て体験し痛感した。西洋近代文化の摂取にとって、明治以後八十年の歳月は決して短かすぎたとは言えない。にもかかわらず、近代文化の伝統を確立し、自由な批判と柔軟な良識に富む文化層として自らを形成することに私たちは失敗して来た。そしてこれは、各層への文化の普及滲透を任務とする出版人の責任でもあった。

一九四五年以来、私たちは再び振出しに戻り、第一歩から踏み出すことを余儀なくされた。これは大きな不幸ではあるが、反面、これまでの混沌・未熟・歪曲の中にあった我が国の文化に秩序と確たる基礎を齎らすためには絶好の機会でもある。角川書店は、このような祖国の文化的危機にあたり、微力をも顧みず再建の礎石たるべき抱負と決意とをもって出発したが、ここに創立以来の念願を果すべく角川文庫を発刊する。これまで刊行されたあらゆる全集叢書文庫類の長所と短所とを検討し、古今東西の不朽の典籍を、良心的編集のもとに、廉価に、そして書架にふさわしい美本として、多くのひとびとに提供しようとする。しかし私たちは徒らに百科全書的な知識のジレッタントを作ることを目的とせず、あくまで祖国の文化に秩序と再建への道を示し、この文庫を角川書店の栄ある事業として、今後永久に継続発展せしめ、学芸と教養との殿堂として大成せんことを期したい。多くの読書子の愛情ある忠言と支持とによって、この希望と抱負とを完遂せしめられんことを願う。

一九四九年五月三日

ISBN 978-4-04-359601-0

現代百物語

岩井志麻子

稲川淳二さんも恐怖！　現代の怪談実話

屈託のない笑顔で嘘をつく男。出会い系サイトで知り合った奇妙な女。意外な才能を見せた女刑囚。詐欺師を騙す詐欺師。元風俗嬢が恐怖する客。殺人鬼を取り押さえた刑事。観光客を陥れるツアーガイド。全身くまなく改造する整形美女。特別な容姿をもっていると確信する男女たち……。いつかどこかで耳にした、そこはかとなく不安で妙な話。実際に著者が体験、伝聞した実話をもとに、百物語形式で描く書き下ろし現代怪談！

角川ホラー文庫

ISBN 978-4-04-359606-5